哥儿

坊っちゃん

Natsume Sōseki

夏日漱石 著

陈德文 译

上海译文出版社

哥　儿

一

由于亲娘老子传给自己的鲁莽性子，打小时候起就净吃亏。读小学时，曾经从学校的楼上跳下来，摔伤了腰，躺了一个星期。也许有人问："干吗要那样胡来？"没有什么特别的因由，当我从新建的二层楼上向下探头探脑的时候，同班一个学生开玩笑地喊着："别那么飞扬跋扈，谅你不敢从那儿跳下来。胆小鬼！"校工把我背回家时，父亲瞪起大眼，骂道："傻瓜，哪有从楼上跳下来摔伤腰的！"我回答："好吧，下回跳个不摔伤腰的给你看。"

一个亲戚送我一把西洋小刀。我当着朋友们的面，把雪亮的刀刃在太阳光下晃了晃。一个人说："亮是亮，就是不能切东西。"我下了保证说："怎么不能，不管什么，我都可以切给你看。"他说："那么，就拿你的手指头试试吧。""那好办，一个指头算得了什么。"说着刀子早从右手的大拇指指甲斜着切进去了。幸好，刀子小，拇指的骨头硬，所以直到今天指头还连在手掌上。不过那伤痕到死也不会消失。

院子里朝东走二十步便到了尽头。再向南有个小小的菜园，正中央长着一棵栗子树。这棵栗子树比我的性命还要宝贵。栗子成熟的时候，我一起床就溜出后门，捡落在地上的栗子带到学校里吃。菜园西边紧连着名叫山城屋的当铺的院子。当铺家有个十三四岁的儿子，名叫勘太郎。这勘太郎不用说是个胆小鬼。他虽然胆小，但敢于翻过篱笆来偷栗子。一天晚上，我躲在折门后面，到底把勘太郎逮住了。当时，勘太郎无路可逃，拼命扑过来。他比我年长两岁，虽说胆小，但力大过人。他用大脑壳咚咚直撞我的胸脯，不巧一滑，勘太郎的脑袋钻进我的大褂的袖筒里了。我的手受到牵制，再也不听使唤。我拼命挥动手臂，勘太郎的脑袋在袖筒里咕噜咕噜左右直晃荡。最后，他耐不住气闷，在袖筒里狠狠咬了我的膀子。我一阵疼痛，把勘太郎逼到篱笆下面，来个扫堂腿，把他推向隔壁院子。山城屋的庭院比这边菜园低六尺，勘太郎一个倒栽葱，咕咚翻倒在自家院内，篱笆压毁了一大截。勘太郎摔下去的时候，我的一只袖子被撕掉了，胳膊顿时自由起来。当晚，母亲到山城屋赔礼，顺便把那只袖子领了回来。

此外，我还干了不少调皮的事。一次，我领着木匠家的兼公和饭馆的阿角，踩坏了茂作的胡萝卜地。胡萝卜芽儿尚未出齐的地方，苫着一层稻草。我们三个在上面摔跤，玩了老半天。一片胡萝卜全给报销了。还有一次，我把古川家田里的水井填了，惹得人家直闹到家里。原来这是将一段粗大的竹子捣通竹节，深深埋在地下，使水涌上来，给附近的稻田灌溉的装置。那会儿我不知道这是干什么用的，就把石子、木棒，一股脑儿塞了进去，看到不冒水了，才回家吃饭。古川涨红脸骂着闯进来，记得当时是赔了钱才了结的。

父亲一点不疼我，母亲也是一味偏袒哥哥。我的这个哥哥皮肤白得出奇。他爱学唱戏，总是喜欢扮演旦角。父亲一见到我就说：

“你这孩子不会成器的。”母亲也说：“这样一直胡闹下去，将来真叫人担心。”可不，就是不成器嘛，你也都看到了。“将来叫人担心，”这话有道理，我活着只差没有坐牢了。

母亲病逝前两三天，我在厨房里翻跟头，肋骨撞在锅台上，疼得要命。母亲十分生气地说：“我真不愿再看到你！”于是，我便搬到亲戚家住了。不久就传来她死去的消息。没想到母亲死得这样快。心想，早知她患这样重的病，自己稍微安分些就好了。我回到家里，哥哥责怪我不孝，说母亲的早逝都是我气的。我又气又恼，打了哥哥一个耳光，被父亲好一顿骂。

母亲死后，父亲、哥哥和我三个一道生活。父亲这人无所事事，只要一见我的面，就说我这不行，那不行。这话已成了他的口头禅。究竟什么不行，我现在也闹不明白。真是个古里古怪的老子。哥哥拼命钻研英语，说要当实业家。他的性情本来就像女人，为人狡黠，我同他合不来，十天总要吵一回架。一天，我俩下棋，他事先打了一个见不得人的埋伏，看到人家处境困难，他得意地冷笑起来。我火冒三丈，将手中握着的“飞车”冲着他的眉宇扔过去，棋子划破了眉心，流了一点血。哥哥向父亲告状，父亲很生气，说要同我断绝关系。

当时我想，这下子完了，只好听凭他们将我逐出家门了事。谁知十年来一直在我家做工的名叫阿清的女佣，哭着向父亲求情，这才使他息怒。尽管如此，我并不觉得父亲有什么可怕，倒是对这位女佣阿清有些过意不去。听说这女人原是名门出身，江户幕府瓦解时，家道零落，到头来只好帮人做工了。眼下她已成为老太婆。不知什么缘故，这老太婆非常疼我，真奇怪。母亲去世三天前就对我断了念，父亲一年到头拿我没办法，街上的人都把我当成招惹是非的祸根，嫌弃我。惟有阿清将我看作宝贝儿。我自认为生性不讨别人喜欢，所以别人即使把我当成木石看待，我也心安理得。可阿清如此看重我，倒使我困惑不解。阿清时常在厨房里，看到旁边没人的时候，夸奖我："你天性耿直，品行好。"我不懂这话是什么意思。如果说品行好，那么除了阿清，别人也该对自己好些才是。每逢阿清提起这件事时，我总回答："我不喜欢听恭维话。"这老婆婆便说："所以才说你的品行好啊。"说罢，高兴地望着我的面孔。她觉得自豪，好像是用自己的力量把我造就出来一般。这倒使我有些难过起来。

母亲死后，阿清越发疼爱我了。我那幼小的心灵时常感到奇怪，她为何那般喜欢我呢？有时甚至想，这有啥意思，不如不疼的好。我心中有些过意不去。可是阿清依然喜欢我，经常用自己的零钱买油煎包子和梅花糕给我吃。冬天的夜晚，她私下里买来面粉，做好汤面突然送到我的枕头旁边。有时还特地买来砂锅面条。不光吃的东西，她还送给我袜子和铅笔，送给我笔记本。她又借给我三元钱，这是很久以后的事了。我从未向她提过借钱的事。她主动送到我房间来了，说："没有零用钱，会感到不便的，就拿去花吧。"我当然不要了，可她一定要给，便借下了。我心中十分高兴，把这三元钱塞进钱包，揣到怀里。到了厕所，冷不防掉进粪坑里了。没办法，我只得慢吞吞地走出来，一五一十把经过告诉了阿清。她很快找来一根竹竿，说要把钱包捞上来。不一会，我听到井台哗哗的水声，出去一看，她正用竹竿挑着钱包的带子，放水冲洗呢。接着，她打开钱包，掏出一元钱的钞票来，票面全变成了棕黄色，花纹也模糊不清了。阿清放在火盆上烘干："这下子行啦。"说罢就交给了我。我闻了闻，说："真臭！"她说："那么交给我吧，我替你去换。"也不知她到哪里，又是怎样蒙混人家的，三元钞票换成银元拿回来了。这三元钱是怎么花的，我忘记了。当时只是说马上还她的，却一直没有还。如今即使想十倍地偿还她，也无法办到了。

阿清每当给我东西，总是趁父亲和哥哥都不在家的时候。要问我最讨厌什么，那就是最不愿背着别人自己独占便宜。我虽然和哥哥关系不睦，可我也不愿瞒着哥哥私下接受阿清的点心和彩色铅笔。我问阿清："为什么只给我，不给哥哥呢？"阿清不以为然地说："你哥哥有你父亲给他买，不要紧的。"这就不公平了。父亲虽然固执，倒不是个偏心的人。然而在阿清眼里，他就是那样的人吧。她完全沉溺在对我的疼爱之中了。这老婆婆虽说出身世家，却未受过教育，无法同她讲清楚。不单这些，偏心真是件可怕的事。阿清一味认定我将来会成为了不起的大人物，而对用功读书的哥哥，则断定他只长着一副白净的面孔，到头来不会有多大的出息。碰到这样的老婆婆，实在难以对付。她坚信这样一条：自己喜欢的人，将来一定能成为非凡的大人物；自己讨厌的人，必然落拓潦倒。我那时并没有想过要成为什么样的人；但一听阿清说起我将来如何如何，心里也就想到，说不定会成为那样的人吧。现在想想，实在太愚蠢了。有时我问阿清："你看我会成为怎样的人呢？"阿清心里似乎也没有什么特别的想法。她只是说，我将来准会出行坐人力车，建造一座高门大院的住宅。

此外，阿清打算等我有了家，能独立生活之后，同我住在一起。她再三恳求我，要我将她收留下来。我也仿佛有了家似的，一口答应了她的要求。不料这个女人联想力很强，进而问我："你喜欢哪里？麴町还是麻布[1]？在庭院装个秋千玩玩吧。西式房子有一间足够啦……"她倒一个人随意作起计划来了。那时候，什么房子之类我一概不想。所以每次我都这样回答阿清："洋房和日式房子对我全没有用处，我什么都不要。"这样一来，她又表扬我了："你很少贪欲，心眼儿好。"不管我说些什么，阿清总是称赞一番。

母亲死后的五六年里，我都是过着这样的生活：遭父亲责骂，跟哥哥打架，阿清时常给我点心，并不断地夸奖我。那时我没有别的希望，觉得这样也就够了。我想，别的孩子也都是这样的吧。只是阿清一提起什么，总是一个劲儿说："你真可怜，你真不幸。"因此我想，自己也许真是可怜和不幸的吧。此外也不觉得有什么苦楚，只是父亲不给我零用钱，这倒给我造成些困难。

母亲去世后第六年的新年，父亲也中风死了。这年四月，我从某私立中学毕业。六月，哥哥从商业学校毕业。哥哥在什么公司的九州分店里找了个职位，要到那里工作。我仍在东京继续求学。哥哥说，他要把房子典卖了，把财产分光再到那边去。我回答他："随你怎么办，我都没意见。"反正我也不想给哥哥添麻烦。纵然受到他的照顾，两人还是要吵架，到头来，他肯定会说三道四的。受到他的有名无实的照顾，就得向他低头。我拿定主意，即使给人家送牛奶，也可以混碗饭吃。哥哥后来喊了一个家具店的老板，把祖宗三代传下来的不值钱的家什古董，胡乱贱卖了。房屋经中人介绍，卖给了大户人家。听说得到一大笔钱，我一直不知道个中详情。一个

① 麴町和麻布都是东京的地名，多为富贵人家的住居。

月前，我搬到神田小川町，在决定去向之前暂时寓居在那里。住了十多年的房屋，一旦落入别人手里，阿清感到非常难受。但终究不是自己的财产，她也没有办法。阿清不住嘀咕："你如果再大几岁，这里的房子就可以由你继承啦。"按说，年龄大几岁就可以继承，那么现在也能继承呵。这老婆婆一无所知，以为单凭年龄大就能得到哥哥的家产。

就这样，哥哥同我分开了。叫人为难的是阿清的去处。哥哥当然不会带她走，阿清也根本不愿跟在哥哥屁股后边，千里迢迢到遥远的九州去。我呢？这时住在四铺席半的廉价公寓里，一旦有事，随时就得撤走，真是一筹莫展。我问阿清："可想到哪里帮人家做事？"阿清这才下定决心，回答说："在你有了房子，娶了夫人之前，看来是没有办法啦，我只好去投奔外甥。"这个外甥在法院当文书，眼下的生活还算可以，从前也曾再三劝过阿清，说想来就来吧。阿清没有答应，她说："即便给人家当用人，也是长年住在熟悉的人家为好。"可是现在，她或许想，与其换个陌生的人家做工，处处陪着小心，不如投靠外甥来得好。她还说："及早成家，娶个夫人吧，到时我再过来帮你做事。"看样子，她对待非亲非故的我，比对待自己的外甥还要亲热哩。

哥哥动身去九州前两天，来到我的寓所。他拿出六百元钱说："这笔钱用于做买卖的资本也好，当学费去读书也好，随你使用吧。不过以后我不再管你啦。"作为哥哥，也真够难为他的了。我想，不要这六百元钱，也不至于苦到哪儿去。然而，他这种不比寻常的爽快的处置甚合我意，所以道过谢之后收下了。接着，哥哥又掏出五十元，叫我顺便转交给阿清，我也同意照办了。两天后，我俩在新桥车站分手以后，我再没有见过哥哥的面。

我躺在床上琢磨这六百元的用场。做生意嘛，太麻烦，也不易做好，靠这六百元做资本，也不可能做一笔像样的买卖。即使勉强做起来，就再不能在别人面前挺起腰杆，说自己是受过教育的了。结果还是不划算。不管什么资本不资本，先用来充当读书的学费吧。将六百元钱一分为三，平均每年交二百元，可以读三年。这三年要是用功的话，总会学到一些东西。我考虑进什么学校为好。我生来对什么学问都不感兴趣，尤其对语言文学这一类，更是不敢问津。论起新体诗，二十行中我连一行也看不懂。反正学什么都一样，我哪一门也不喜欢。幸好有一天我走过物理学校[①]的门前，看到贴出的招生广告。我想，一切都是缘分，于是就要了一份章程，很快办完了入学手续。现在回想起来，这完全是亲娘老子传给的鲁莽性子所造成的失策。

在校三年间，我也总算同其他人一样地学了。可本来天分就不高，所以排起名次从后边数要方便得多。说也奇怪，混了三年，竟然毕业了。连自己都觉得好笑，当然也没有什么可抱怨的，就这样安安稳稳地毕业了。

毕业后第八天，校长派人来叫我，我想大概有要紧的事。到那里一看，原来四国地方的一所中学需要数学教师，月薪四十元。他找我商量，问我愿意不愿意去。我虽然搞了三年学问，说实在的，既不想当教师，也不想到乡下去。当然，除了教师，也未曾想过要做别的事情。听校长一说，我就当场应承下来。这还是亲娘老子传

① 东京理科大学的旧称，位于新宿区。

给的鲁莽性子在作怪。

既然答应了，就只得赴任。这三年来，我蛰居在四铺席大的小房子里，不曾听到一次责骂，也没有跟人吵过架，是我一生中比较悠闲自在的时期。不过，这样一来，四铺席大的房间也只得退掉了。我过去走出东京，只是和同班同学到镰仓远足那一回。现在不是到镰仓了，而是要到遥远的地方去。从地图上看，这是在海滨，像针尖一般大小。看来不是什么好地方。我不知那里有怎样的城市，住着怎样的人。不知道也无妨，用不着担心，去就是了，尽管有些麻烦。

房子典卖以后，我时常到阿清那里去。想不到她的外甥是个好人。我每次去只要他在家，总是热情招待一番。阿清当着我的面向外甥夸赞我的种种好处，甚至吹嘘说，我不久毕业后要在麹町买座宅邸，上机关里做事。她一个人不停地唠叨着，我却不好意思，脸都涨红了。这事不止一次两次了。有时她甚至把我小时候在床上遗尿的事也抖搂出来，真叫人发窘。我不知道阿清夸耀我时，她外甥是怎样的心情。阿清倒认为，自己是旧时代的女人，她把自己同我当成主仆关系看待，她似乎认为，自己的主子也当然是外甥的主子了。这下子，那外甥就要丢丑了。

事情定下了。动身前三天，我去看望阿清。她患感冒，躺在朝北的三铺席房子里。看我来了，一折身坐起来，开口就问："哥儿，你几时成家呢？"她以为，我只要一毕业，金钱自然就会从口袋里冒出来。冲着这样的"伟人"仍旧一个劲儿喊"哥儿"，未免太迂执了吧。我简单地对她说："当前不能有家，我还要到乡下去。"她听了大失所望，不停地抚摩着散乱在鬓角的花白的头发。我有些过意不去，安慰她："去了不久还要回来的，明年暑假我肯定回来。"我看她依然带着奇怪的表情，就问："我买点什么土产回来送你呢？你要什么来着？"她说："想吃越后[①]的竹叶糖。"我从未听说过越后的竹叶糖是什么样子。首先，她把方向搞错了。我告诉她："我要去的乡下好像没有竹叶糖。"于是她反问："那么是在哪个方向？"我说："在西方。"她又问："是箱根的那边还是这边？"弄得我哭笑不得。

出发的当天，她一早就来帮忙拾掇东西。她把路上从杂货店买来的牙刷、牙签和毛巾，一起塞进我的帆布提包里。我说不要这些东西，她就是不听。我们一同坐车来到火车站，她送我到月台上。我走进车厢，她凝望着我的面孔低声说："说不定这次分别再也见不到啦，你要保重啊！"说着，她的眼里噙满了泪水。我没有哭，不过差一点要哭了。火车开动好一会了，我想大概不要紧了。谁知从车厢探头向后一望，阿清依然站在那儿，不知怎的她的身影显得非常瘦小。

---

① 新潟县旧称。

二

“呜——”轮船停泊了。舢板离开海岸划过来。船夫浑身赤裸裸的，只系着一条红三角带。真是个粗野的地方。不过天气太热，无法穿衣服。太阳很毒，水面光闪闪的看上去令人目眩。一问工作人员，他说我就该在这个地方下船。这里看起来，不过像是大森那样的一个渔村。我心想，真是捉弄人，我能够在这里呆下去吗？可也没有办法。我头一个跃身跳下舢板，接着又上来五六个人，此外，还装载了四只大箱子。红三角带把船划回岸边。靠岸后，我又最先跳上来，立即抓住站在沙滩上一个流鼻涕的小孩，问他中学校在哪里。小孩茫然地回答：“不知道。”真是个笨头笨脑的野小子。巴掌大的镇子，竟然不知道中学校在什么地方！这时，正巧来了一个身穿窄袖和服装束奇怪的男子，说了声“跟我来”，我便随他去了。他把我领到一家名叫港屋的旅馆，讨厌的女人齐声招呼我进去，我哪里愿意进，站在门口打听中学校的地址。据说从这里到中学校，还得坐火车走上十五六里，就更没心思住旅馆了。我从那个穿窄袖和服的男子手里夺回我的两个提包，缓步走了出来。旅馆里的人被弄得莫名其妙。

我很快找到了车站，买好了车票，上车一看，车厢像火柴盒一般。晃荡了五分钟光景，又该下车了。怪不得车票这么便宜，只花了三分钱。我雇了车，到达中学校，已经放学了，没有一个人，校工告诉我："值班的外出办事去了。"这个值班的真够舒服的。我想见见校长，因为太累，就上了车，吩咐车夫把我拉到旅馆去。车夫一口气跑到名叫山城屋的一家旅馆门旁停下了。这个山城屋竟然和勘太郎的当铺的店号相同，真有意思。

我被领到楼梯下面一间昏暗的房子，这里热得简直呆不下去。我说："这房子我不要。"回答说："别处都挤满啦。"边说边扔下提包走开了。没办法只好进去，流着大汗将就。不一会儿来招呼洗澡，我扑通跳下去，很快就上来了。回来的路上一瞧，有许多凉爽的房间空着。可恶的家伙，净撒谎骗人！女佣送饭来了。房间虽热，饭菜比公寓的要好得多。在一旁伺候的女佣问我打哪里来，我告诉她从东京来。她问："东京是个好地方吧？"我说："那当然啰。"女佣撤走饭盘回到厨房时，我听到一阵大笑。我感到无聊，很快就睡了。可怎么也睡不着。不光闷热，而且喧闹不休，那声音胜过公寓五倍。我模模糊糊梦见了阿清。阿清大口大口吃着竹叶糖，连竹叶也一起吞了。我说："竹叶有毒，算了吧。"她说："不，这竹叶是药呵。"说罢仍然吃得津津有味。我十分惊讶，张开大嘴哈哈地笑。这时醒来了，女佣正打开窗板。又是一个万里无云的好天气。

听人说，出门旅行要给小费。又听说，不给小费就会遭到慢待。被塞在这种又小又黑的屋子，也许正是没有给小费的缘故吧；或是看我穿戴寒酸，拎着帆布包和混纺布伞的缘故吧。乡巴佬还这样瞧不起人哩。给一笔巨额小费吓唬他们一下。要知道，我怀里揣着交学费余下的三十元钱离开东京的，除去购买车船票和零用，还剩下十四元多。即使全部都给他们也没关系，反正就要领薪水了。乡下人小气，给他五元钱就吓得不知如何是好了。“等着瞧吧。”我若无其事地洗了脸，回到房里候着。这时，昨晚那个女佣又送饭来了，她捧着盘子一边伺候，一边嬉皮笑脸。不懂规矩的东西！我脸上又没有唱戏。再说，我的长相要比这女佣强得多。我本想吃完饭再说，然而气不过，吃了一半就掏出五元钱来，说：“回头送到账房去！”女佣感到十分诧异。我吃罢饭，立即到学校去了，连皮鞋都顾不上擦。

昨天坐车到学校去过，所以能摸清大致的方向。拐过两三个十字路口就到校门前了。从大门到校舍入口一律铺着花岗石。昨天，车子在这石头路上走起来嘎啦嘎啦直响，真有些受不了。路上碰到许多身穿棉布制服的学生，都从这大门进来，其中有比我高大强壮的。想到就要教这些人，心里真不是滋味。递了名片后被人引入校长室。校长是个胡子稀疏、皮肤乌黑，长着一双大眼睛的狐狸一般的男人，一副装模作样的表情。“好，努力干吧。”他恭恭敬敬把盖有大印的委任书交给我。这张委任书在我回东京时，被我揉成一团扔到大海里了。校长说：“现在要把你介绍给各位教员，你要把委任书给他们每个人过一过目。”多此一举！与其这样麻烦，倒不如把这委任书在教员室贴上三天。

教员们须等第一堂课的号声吹响之后才能到休息室来。还有好长一段时间。校长掏出表来看了看，说：“以后有时间慢慢谈吧，先请你了解一下大致的情况。”接着，便长篇大论给我讲述了关于教育精神的道理。我当然是心不在焉地听着，心想，这回可来到倒霉的地方了。照校长说的根本办不到。冲着我这个鲁莽人，大谈什么要做学生的模范啦，要成为一校师表啦，治学之外如不以德化人就不能成为教育家啦……净是一些文不对题的要求。难道这样一个伟大的人物，凭四十元月薪，会千里迢迢跑到乡下来吗？我想人大体上都一样，生起气来谁都能吵一架。照这样下去，我就很少能开口讲话，或出外散步了。这份艰苦的差事，应当事先讲清楚才是。我是不喜欢撒谎的，有什么法子，既然受骗而来，只好认了。狠狠心一口回绝折返东京吧，无奈已经付了五元房钱，口袋里只剩下九元了。这点钱是回不了东京的。要是不忙着付小费该多好，真后悔。不过，九元钱还可以起一些作用。盘费不够，总比说谎要强得多。“您所说的我无法做到，现将委任书奉还。”校长听罢，眨巴着狐狸眼睛望着我。过一会儿，他笑着说：“刚才说的只是希望而已，我很清楚你无法照我希望的那样去做，放心好啦。”你既然很清楚，当初为何要吓唬人呢？

说着说着号声响了。教室那边顿时喧闹起来。校长说：“教员都到休息室去啦。”于是，我跟着校长走进休息室。这是一间狭长的大房子，四周摆着桌子，大家都围坐在那儿。人们见我进来，都不约而同地瞧着我的脸。我又不是耍猴儿的，有什么好看的。接着就按照校长的吩咐，走到每人面前，出示委任书，一个一个行过见面礼。大多数人只是站起来略微弯一弯腰，态度认真的则接过委任书看一眼，再恭恭敬敬还回来。简直像演戏敬神一般。轮到第十五名，该给体操教员行礼时，因为同样的动作要重复好几遍，我有些不耐烦了。别人只一次，我却要做十五次，也得体谅体谅人家的苦处呵！

见面的当儿，有个某某教务主任，据说是文学士。既然是文学士，那就是大学毕业生了，该是个了不起的人物。奇怪，他说起话来像女人一般细声细气。尤其令人吃惊的是，大热天却穿着法兰绒衬衫。料子不管怎么薄，肯定觉得热。做了文学士，就得穿这种活受罪的衣服，况且又是红衬衫，简直作弄人。后来我才知道，这人一年到头就穿这件红衬衫，真是个怪毛病哩。据他本人说，红色可以保健身体，有益于卫生，所以特地定做了这件衬衫。这种担心实在多余。果真如此，把浑身上下全变成红色岂不更好。还有一个名叫古贺的英语教员，这人的脸色非常难看。大凡脸色苍白的人都是瘦子，然而这位却苍白而臃肿。记得从前读小学时，有个同学叫浅井什么民的。浅井的父亲也是这副模样。浅井是庄户人家，我问阿清，庄户人家是否都是这副长相。阿清说不是。她告诉我，那个人净吃老秧子南瓜，所以长得苍白而虚胖。打那以后，凡是见到白而胖的人，我就断定这是吃老秧南瓜的结果。这位英语教员肯定是老秧南瓜吃多了。不过老秧是怎么回事，我到现在也不知道。我问阿清，阿清笑而不答，想必阿清也不知道吧。还有一个我的同行，数学教员堀田。这人身材魁梧，剃了和尚头，那模样活像睿山的恶僧。人家郑重地呈上委任书，他连看都不看，说："啊，你是新来的吗？到我家玩吧，啊哈哈哈！"什么啊哈哈哈？这种不懂礼貌的家伙，谁愿意去玩？从此，我给这个和尚头起了绰号叫豪猪。汉学先生倒是一位通达事理的人，他像慈祥的老爷爷，一句接一句地说："昨天刚到，想是怪累的，一来就要上课，实在热心……"图画教员完全是一副江湖艺人的风度。他穿着轻飘飘的透明纱的大褂，摇着扇子，问："府上哪里？啊，东京？太好啦，咱们同乡……我可也是个江户哥儿[①]呵。”我心里思忖，这家伙要是江户哥儿，我真不愿生在江户哩。其余的这样一一写下去没完没了，所以就此为止吧。

同大伙见过面以后，校长说：“今天你可以回去了，关于上课的事，请和数学主任商量，后天就开始上课吧。”我问谁是数学主任，原来就是那位豪猪。真晦气！在这个家伙手下干事，叫人大失所望。豪猪说：“哎，你住在哪儿？山城屋？唔，回头我去找你商量。”说罢，拿起粉笔到教室去了。身为主任，却主动找上门来商量事情，太缺乏见识了。我很庆幸，他没有叫我到他那儿去。

出了校门，我打算立即回旅馆，可回去也无事可干，到街上散散步吧。于是漫无目的地随便蹓跶起来。看到了县衙门，这是一座上个世纪的古老建筑；看到了兵营，不比麻布的联队[②]漂亮；看到了大街，道路只有神乐坂[③]一半宽，街面也不如那里齐整。二十五万石俸禄的诸侯王城，不过尔尔。住在这里面以全城之主自居的那帮人，真是可怜。想着想着，不觉来到山城屋门前。这地方看起来很大，实际上很小。只逛了一会儿就看完了。回去吃午饭吧，我走进大门，坐在账房里的老板娘一见面，急忙跑过来招呼：“您回来啦……”边说边向我磕头。我脱鞋走进来，女佣说：“房间空出来啦。”便领我上楼去。这里是楼上临街的十五铺席的大房间，还有壁龛。我平生从来未进过这样阔气的房子，今后也不知何时才能再进这样的房子。我脱去西服，换上一件浴衣，在房间中央躺成一个“大”字，太舒服啦！

---

① 江户是东京的旧称。“江户哥儿”意指地道的东京人。
② 驻扎在麻布区的皇家仪仗队。
③ 东京地名。

吃罢午饭，立即给阿清写信。我文章作得不好，识字也不多，所以很讨厌写信。再说也没地方可寄。不过，阿清总惦念着我吧。她要是以为我翻船淹死了，那可不好，所以咬咬牙写了一封长信寄给她。信里的措辞是这样的：

“昨日到达这里。地方很是蹩脚。住在十五铺席的房间里。向旅馆付了五元小费。老板娘头磕着地板表示感谢。昨夜没有睡着觉。梦见阿清吃竹叶糖时，连竹叶一起吞了。来年夏天返回。今天去了学校，给大家起了外号：校长是狐狸，教务主任是红衬衫，英语教员是老秧，数学教员是豪猪，图画教员是小丑。其余的事今后再写给你。再见。”

写完信，心情舒畅，睡意朦胧，又像刚才那样，在房间正中放松筋骨躺成个“大”字。这回没有做梦，睡得很香。“是这个房间吗？”一个声音把我惊醒，豪猪走了进来。他一见面就说：“失敬失敬，你所担任的是……”人家一起床他就来谈判，弄得我非常狼狈。听了自己担任的课程，也没啥特别的困难，就答应下来了。这种事别说后天，就是叫我明天就上课，心里也不慌张。商量好课程之后，他自作主张地说：“你不能老是住在旅馆里，我给你找个好一些的公寓，就搬过去吧。别人联系不会答应，我去一说马上就成。宜早不宜晚，今天看房子，明天搬家，后天到学校上课，这样挺好。”是的，这十五铺席的房子，总不能久住下去。把全部月薪都用来付房钱也许还不够。刚发狠出了五元小费，马上搬走有点可惜。但既然要搬，不如早一天搬走，早一天定心。主意已定，我将这事拜托给了豪猪。豪猪说：“咱们一起去看看。”我就跟他去了。那家公寓位于街口的一座山坡上，环境极为幽静。房东经营古董，名叫伊贺银。

太太是老年妇女，比房东大四岁。中学时曾经学过“魔女”这个词儿，这女人正像一个魔女。不过她已成了别人的老婆，所以无妨。最后决定明天就搬过去。回来的路上，豪猪在大街上请我喝了一杯冰水。那天在学校刚见面时，觉得他是一个傲慢无礼的家伙，看他如此细心地关照别人，倒不像是坏人，只是和我一样脾气暴躁。后来听说，这人在学生当中最有威望。

漱石枕流，悠悠百年

——纪念夏目漱石诞辰一百五十周年

吴树文

在日本，提到作家夏目漱石，可说无人不知。最常用的一千日元纸币正面曾以夏目漱石的肖像为图案。至于夏目漱石的作品，从袖珍型的文库本到各种开本的文集、全集，始终是书店常备的热门书。而且，儿童读物、青少年读物、知识教养丛书、中老年爱读书目以及各种文学名著书目里，都少不了夏目漱石的作品。

夏目漱石在世四十九年，正是日本明治维新后的四十九年。近代日本确立时期的日本社会中发生的种种社会现象、社会事件乃至明治文明的形式及表现，都在夏目漱石的作品里有所反映和论述。

夏目漱石的出现，使日本近代文学面目一新。在自然主义文学主导文坛、浪漫主义文学席卷文坛的时候，漱石文学独树一帜，摆脱劝善惩恶式的教训主义故事格局，对人间社会洞察细微，连用“讲谈”、“落语”中的传统手法和写生文的技法，针砭日本文明社会的弊端，揭露金钱支配社会的丑恶现象，反映人们内心深处的孤独，可谓嬉笑怒骂皆成文章。漱石作品的读者层次广泛，知识分子尤其青睐，置身其间，倍感亲切。

在旧制高等学校执教鞭，讲授英文，没有写小说的打算。

一九〇〇年，夏目漱石作为日本文部省第一批公费留学生，赴伦敦研究英文，颇感夙愿得偿。但是，赴英伊始，伦敦生活费之高昂使他拮据不安，经常嚼饼干充饥，闷闭于宿舍攻读英国文学著作。不久，他似有所悟，对这种研究产生狐疑，开始探索文学之真髓。为了这个新的大课题，夏目漱石节衣缩食，购买参考书籍，潜心研究，以致疏忽了向文部省的汇报，受到重责。

发愤研究的结果，夏目漱石写出了《文学论》。与此同时，留学经费之不足，贫困的生活现状，加上可怕的孤独感，使他的神经衰弱症日益严重。在留学期限临近之时，文部省闻说夏目漱石有病态发作之虞，遂发电，命另一名旅欧留学生护送精神异常的夏目漱石提前回国。

一九〇三年，夏目漱石回国，作为小泉八云的继任者，在第一高等学校任教，并在东京大学讲授英国文学、《文学论》以及《文学评论》。但是，两年有余的极不愉快的留学生活和苦痛体验，使他对研究英国文学日益感到不安和空虚。加上精神状况每下愈况，夏目漱石遂在朋友的怂恿下，走上了创作之路。换言之，夏目漱石年近四十才开始写小说，这是小说家中颇为罕见的。但是，正因为如此，夏目漱石的小说往往蕴藉着圆熟深邃的人生哲理。第一部小说《我是猫》是借猫之眼来洞察人类社会，痛快淋漓地讽刺并鞭笞社会的功利、卑俗、傲慢、野蛮，描写了明治时代知识分子的良心，使人感受到人生和人性深处的真相。

夏目漱石是日本较早接触西洋文化和西洋文明的知识分子，亦较早洞察到日本的西洋文明化有重大弊端。

一九〇七年，夏目漱石不堪教师生涯的身心折磨，应朝日新闻社予以大学教授同等待遇之聘，进入朝日新闻社，成为报社专职作家，一年须发表十二篇作品。嗣后，夏目漱石在《朝日新闻》上络绎发表连载小说。入社后的第一部长篇连载小说是《虞美人草》。接着是爱情三部曲《三四郎》《后来的事》《门》。

夏目漱石在不失为优秀的青春小说《三四郎》里，描绘了纯朴无邪的青年三四郎与明治新女性美祢子之间不存在爱情的爱情模式。而《后来的事》则旨在表明，爱的价值源泉当存在于“自然天成”之中，不在于神，亦不在于近代西欧的个人主义。换言之，爱的源泉是日本人心灵深处的自然天成。《门》描绘了自然天成左右人生的幸与不幸。至此，在爱情问题上承上启下的三部曲长篇小说谱完终章。但弦外余音，不一而止。譬如：人们在内省之下，决心不顾社会制裁也要归依自然之昔我，其结果，会不会陷入以更深的内省再度否定目前之自我的境地呢？

兼有东西文化教养的夏目漱石，在爱情三部曲里描绘了受西欧影响的“恋爱”，这种“爱”既不同于日本旧有的上对下之“恩爱”，也不同于男女之间的“性爱”。这使当时的读者饶有兴味，与此同时，漱石又融入东洋文化的特点，强调“爱”受“自然”所涵，爱的形式须以自然为源泉。读来隽永可亲。

《门》完成后，夏目漱石到伊豆的修善寺静养，一度严重吐血，生命危笃。起死回生后，心境有颇大的变化。在此期间，漱石坚决推辞文学博士的称号，令世人惊叹。

在嗣后的三年里，夏目漱石发表了以缀短篇为长篇形式的《春分之后》、描绘身心疲惫与文学生涯的长篇小说《行人》、描述

三角恋爱中日本人文学理念观的长篇小说《心》和自传体性质的长篇小说《路边草》。

一九一六年，夏目漱石在上一年连载完《路边草》后，发表连载小说《明暗》，但未及完成而病逝。终年四十九岁。

夏目漱石还撰有众多“意余于言”的随笔。就其文章来说，乃是日本语的范文。在中国，文学本源于经史一类的正统文章，有“言无文，行不远”之说。日本自古以来受中国的影响，亦以随笔、日记文学为正统，体现文人的品学和地位。

夏目漱石在去世前一年写下的杂感性质的小品集《玻璃门内》，多为生与死的思索。漱石认为“死”是至高的境界，同时慨叹人无法摆脱“生”的本能和执著。

夏目漱石本擅长刻划人心深处的葛藤，小说很少直接道及其个人的生活和思想。但随笔一卸小说樊篱，剖析内在的自我，诙谐、困惑、敦厚、淳朴、真实，乃是洞察漱石内心世界和复杂人生观的重要途径。

夏目漱石年谱

一八六七年(庆应三年)出生

二月九日(旧历正月五日),生于江户牛込马场下横町(今新宿区喜久井町一番地),为第五子。本名金之助。父名小兵卫直克。母名千枝。父亲掌管牛込十一町,明治维新后任区长。

一八六八年(庆应四年·明治元年)一岁

十一月,成为曾为夏目家门生的盐原昌之助的养子。

一八七二年(明治五年)五岁

养父盐原昌之助,为养子金之助办理入籍手续。

一八七四年(明治七年)七岁

十二月,入读户田小学。同年,养父母关系不和。回生身父母家一段时间后,被养母接去同住。

一八七五年(明治八年)八岁

由于养父母正式离婚,户籍虽还在盐原家,却被夏目家带回。

一八七六年(明治九年)九岁

转读市谷小学。常去说书场旁听。

一八七八年(明治十一年)十一岁

转读锦华小学。

一八七九年(明治十二年)十二岁

三月,入读东京府第一中学。

一八八一年(明治十四年)十四岁

一月,母千枝去世。四月,转入汉学堂二松学舍,学习汉学。

一八八三年(明治十六年)十六岁

七月,为备考大学预备学校,入读成立学舍。

一八八四年(明治十七年)十七岁

九月,入读东京大学预备学校预科。与柴野(中村)是公、太田达人、佐藤友熊组成“十日会”,成为亲密好友。

一八八六年(明治十九年)十九岁

四月,东京大学预备学校更名为第一高等中学。九月,决意自立,

与柴野是公一起成为江东义塾教师。初见正冈子规。

一八八七年(明治二十年)二十岁

一月,取得第一高等中学第一名的成绩,自此至毕业成绩始终保持首位。三月,大哥去世。六月,二哥去世。家运衰败。

一八八八年(明治二十一年)二十一岁

一月,户籍复归夏目家。七月,第一高等中学预科毕业;九月,升入本科。起初志愿为建筑专业,后在同学米山保三郎的建议下改报英文专业。

一八八九年(明治二十二年)二十二岁

在正冈子规的《七草集》上发表评论,首度以“漱石”署名。此后,与子规交往甚密。八月,与同学游房总半岛。九月,将写就的纪行汉诗文集《木屑录》寄予子规,子规惊叹于其文才,二人交往进一步加深。

一八九〇年(明治二十三年)二十三岁

七月,第一高等中学第一部本科毕业。九月,进入帝国大学文科大学英文专业。

一八九一年(明治二十四年)二十四岁

七月,敬爱的嫂子登世(三哥之妻)去世。暑假,与中村是公、山川信次郎登富士山。

一八九二年(明治二十五年)二十五岁

二月,受同校教授迪克逊之托,开始《方丈记》的英译工作。为豁免兵役,四月将户籍移入北海道,成为北海道平民。七月,与子规首次游历关西地区。与子规分别后,在二哥遗孀家乡冈山稍作逗留。八月,前往松山拜访子规,与高浜虚子结识。八月下旬,返回东京。十月,在《哲学杂志》上发表诗评。

一八九三年(明治二十六年)二十六岁

一月,在文科大学英文学谈话会上发表题为《英国诗人关于天地山川的观念》讲演,引起巨大反响。七月,帝国大学文科大学英文学科毕业,进入帝国大学研究生院学习。十月,于东京高等师范学校任英语教师。

一八九四年(明治二十七年)二十七岁

神经衰弱症加剧。

一八九五年(明治二十八年)二十八岁

一月,应聘《日本通信》记者,未获录用。四月,辞去高等师范学校教职,成为爱媛县寻常中学(今松山中学)教员。同年,子规由甲午战争战场上归来,二人频繁交游,切磋俳句。

一八九六年(明治二十九年)二十九岁

四月,转任位于熊本的第五高等学校。在菅虎雄处暂住,五月搬至熊本市内下通町。此后,在熊本一地的搬迁就达五次之多。六

月，与中根重一的长女镜子成婚。同年，再度开始汉诗创作。

一八九七年（明治三十年）三十岁

三月，《项狄传》书评发表于《江湖文学》。四月，回东京的意愿与以文学安身立命的想法日益增强。六月，父直克去世。七月，回东京，探望子规。九月上旬，将经历了流产的妻子镜子留在老家，只身回到熊本。十二月末到第二年正月，与山川信次郎游历小天温泉。

一八九八年（明治三十一年）三十一岁

镜子孕吐厉害，情绪不稳。十月，岳父中根重一辞去贵族院书记官长一职。

一八九九年（明治三十二年）三十二岁

四月，在《杜鹃》上发表文章《英国的文人与报纸杂志》。五月，长女笔子出生。八月，《小说〈艾尔温〉的批评》在《杜鹃》发表。与山川信次郎登阿苏山。

一九〇〇年（明治三十三年）三十三岁

五月，受文部省之命，作为第一批公费留学生，赴英留学。九月，由横滨出发。十月，登陆意大利热那亚，途径巴黎，抵达伦敦。在巴黎参观了世博会，登上了埃菲尔铁塔。抵达伦敦后，游览了伦敦塔、大英博物馆、威斯敏斯特宫。十一月，作为旁听生开始在伦敦大学上学。由莎士比亚学者克雷格博士为其单独授课。

一九〇一年(明治三十四年)三十四岁

一月,次女恒子出生。四月,寄给子规、虚子的三封信以《伦敦消息》为题登载于《杜鹃》五月、六月号上。五月,和池田菊苗同住。八月,参观卡莱尔博物馆。八月前后,《文学论》构思定型。

一九〇二年(明治三十五年)三十五岁

九月,子规去世。神经衰弱症发作。秋季,为排遣心绪,练习骑自行车。十月,旅行至苏格兰。十二月,乘坐"博多丸"轮船离开伦敦,踏上归国路。

一九〇三年(明治三十六年)三十六岁

一月,回到日本。四月,就任第一高等学校英语教员、东京帝国大学文科大学讲师。在大学讲授"《织工马南》"与"英文学概说"课程。七月,神经衰弱症加剧,与妻子分居到九月上旬。九月,开讲《麦克白》,此后为莎士比亚的作品连续开课。同时,继续教授"英文学概说"课程(最后一讲是一九〇五年六月)。十月,三女荣子出生。是年,以英文作诗多篇。

一九〇四年(明治三十七年)三十七岁

一月,《关于麦克白的幽灵》发表于《帝国文学》。十一月,应高浜虚子之邀,创作了可以在文章朗读会"山会"上诵读的短篇作品《我是猫》第一回。十二月,《伦敦塔》《卡莱尔博物馆》脱稿。

一九〇五年(明治三十八年)三十八岁

一月,《我是猫》在《杜鹃》、《伦敦塔》在《帝国文学》、《卡莱尔博物馆》在《学灯》上陆续发表。《我是猫》获好评,在《杜鹃》(二月至十月)上连载至第六回。四月,《幻影之盾》在《杜鹃》上发表。六月,《琴之空音》在《七人》上发表。"英文学概说"课程结束之后,开设"十八世纪英文学"(之后汇集为《文学评论》)课程。九月,《一夜》在《中央公论》上发表。十月,《我是猫》上篇由大仓书店·服部书店出版。十一月,《薤露行》在《中央公论》发表。十二月,四女爱子出生。

一九〇六年(明治三十九年) 三十九岁

一月,《趣味的遗传》在《帝国文学》发表。《我是猫》(第七、八回)在《杜鹃》发表。三月,《我是猫》(第九回),四月,《我是猫》(第十回)、《哥儿》,分别发表在《杜鹃》上。五月,短篇集《漾虚集》由大仓书店·服部书店出版。八月,《我是猫》(第十一回)在《杜鹃》上发表,全篇完结。九月,《草枕》在《新小说》发表。十月,《二百十日》在《中央公论》发表。举办第一届"木曜会",此后每周四夏目门生汇聚一堂。

一九〇七年(明治四十年)四十岁

一月,中篇集《鹌鹑笼》由春阳堂出版,《台风》在《杜鹃》发表。四月,辞去东京帝国大学、一高教职,在池边三山的劝说下入职朝日新闻社。在东京美术学校发表题为《文艺的哲学基础》讲演。五月,《文艺的哲学基础》在《东京朝日新闻》发表(至同年六月)。

由春阳堂出版。六月，在《门》的创作期间，胃病发作，入长与胃肠医院。七月下旬，出院。八月，前往伊豆修善寺温泉疗养。二十四日，因胃溃疡大量吐血，不省人事。九月，状况好转。十月，返回东京。再次入住长与胃肠医院。热衷于汉诗和俳句的创作。二十九日，描绘病中心境的随笔《回想种种》在《朝日新闻》(至翌年二月二十日)上连载。

一九一一年(明治四十四年)四十四岁

一月，《门》由春阳堂出版。二月，拒绝接受文学博士称号，引发热议。七月，《科贝尔先生》在《朝日新闻》发表。八月，为参加大阪朝日新闻社举办的讲演会而赴关西一带。在明石、和歌山、堺、大阪发表《道乐与职业》《现代日本的开化》《内容与形式》《文艺与道德》等讲演。入住汤川胃肠医院。九月中旬，返回东京。十月，朝日新闻社内部发生纠纷，池边三山辞职，因不忘池边招自己入社的恩情继而表明辞意，被挽留。“文艺栏”废止。十一月，五女雏子夭折，受打击。

一九一二年(明治四十五年·大正元年)四十五岁

一月二日，《春分之后》在《朝日新闻》(至四月二十九日)上连载。二月末，池边三山去世。三月一日，追悼文《三山居士》在《朝日新闻》发表。《春分之后》脱稿后，沉醉于书画与汉诗的世界。九月，春阳堂出版《春分之后》。十月，《文展与艺术》在《东京朝日新闻》发表。十二月六日，《行人》在《朝日新闻》上开始连载。

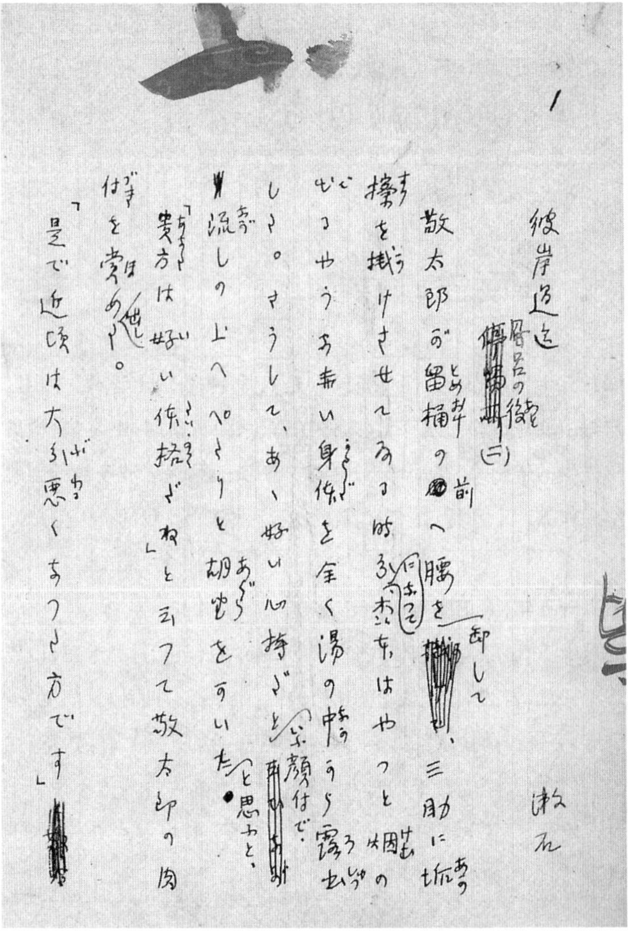

《春分之后》夏目漱石自书原稿

一九一三年（大正二年）四十六岁

一月，讲演集《社会与自我》由实业之日本社出版。四月七日，胃溃疡复发，卧病，《行人》连载至第三十八回《回来之后》，中止。康复后，跟随津田青枫作油画。九月十七日，再开《行人》连载，发表续篇《烦恼》（至十一月十五日）。后随津田潜心于水彩画、南画的制作中。

一九一四年（大正三年）四十七岁

一月，大仓书店出版《行人》。《内行与外行》在《朝日新闻》发表。四月二十日，《心》在《朝日新闻》（至八月十一日）上连载。六月，户籍由北海道移回东京。八月，在《东京朝日新闻》上发表《科贝尔先生的告别》。九月，《心》由岩波书店出版，为岩波茂雄的创业纪念作品。十一月，在学习院辅仁会讲演，题为《我的个人主义》。

一九一五年（大正四年）四十八岁

一月十三日，随笔《玻璃门内》在《朝日新闻》（至二月二十三日）连载。三月，岩波书店出版《玻璃门内》。游京都。四月，胃病复发，卧床，召镜子前往京都。十七日，回东京。六月三日，《路边草》在《朝日新闻》（至九月十四日）上连载。是为唯一自传体小说。十月，《路边草》由岩波书店出版。秋冬之际，芥川龙之介、久米正雄、松冈让、和辻哲郎等参加“木曜会”。

一九一六年（大正五年）四十九岁

一月，评论《点头录》在《朝日新闻》上发表。五月二十六日，《明

暗》在《东京朝日新闻》(至十二月十四日)和《大阪朝日新闻》(至十二月二十七日)上连载。十一月十六日,多位门生参加“木曜会”(此为最后一次)。二十一日午前,《明暗》第一百八十八回终稿。二十二日,前夜胃病恶化,欲续写《明暗》而不得。十二月九日,因胃溃疡离世。翌年一月,《明暗》由岩波书店出版。

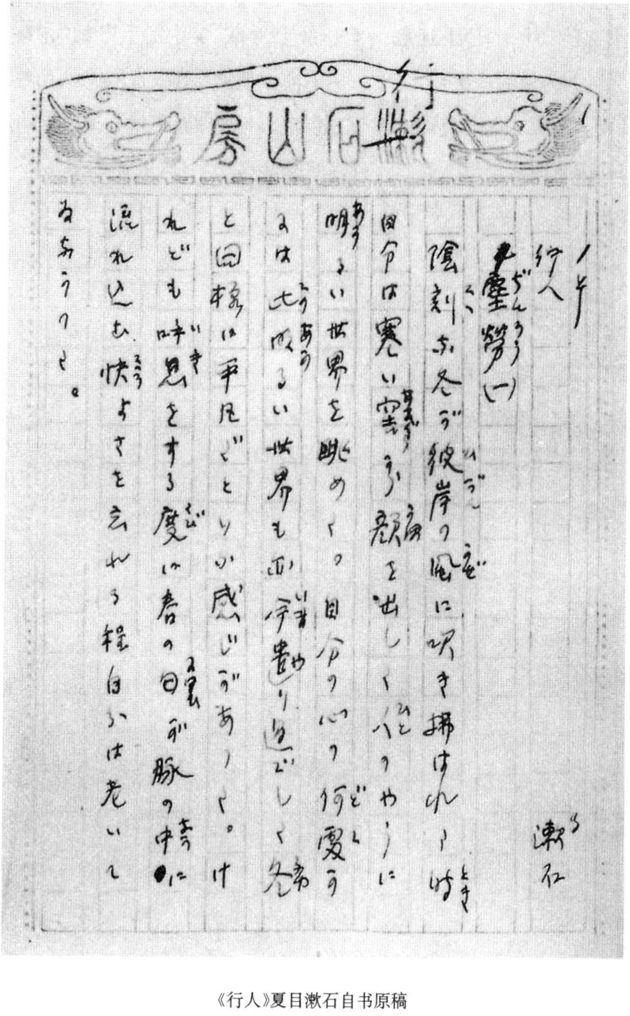

《行人》夏目漱石自书原稿

三

学校生活终于开始了。头一天走进教室，登上高高的讲坛，觉得有些别扭。我一边讲课，一边想，凭我也能当上教师吗？学生们吵闹不休，不时直着喉咙大声喊“老师”。这真叫当老师的受不了。过去在物理学校，每天“老师，老师”地叫个不停。喊别人老师，同别人喊自己老师简直是天壤之别，总觉得脚底下发痒。我不是一个卑怯的人，也不是胆小鬼，遗憾的是缺乏魄力。当学生大声叫我老师的时候，就好比从前在东京，肚子饿了，听到丸之内大街放午炮一般。第一堂好歹应付过去了，没有碰到特别困难的问题。回到休息室，豪猪问：“怎么样？”我只“嗯”了一声，权作回答。他好像放心了。

第二堂课，我拿着粉笔走出休息室时，心中感到像深入敌军阵地一般。进教室一看，这一班学生比前一班学生个子高大。我是江户哥儿，生来文弱、矮小，虽然站在高处，还是缺乏威严的风度。若是打架，就算对手是相扑力士我也能和他比高低。但面对这四十几个大个子学生，单凭一张嘴，怎能制服他们呢？可转念一想，要是在这帮野小子跟前示弱，往后就难办了，所以尽量提高嗓门，用又快又重的语调讲课。起初，学生如入五里雾中，被弄得茫然若失。“怎么样？”我越来越得意，连东京地方骂人的粗鲁话也带出来了。这时，坐在最前边、身体最强壮的一个家伙，猝然站起来，喊了声：“老师！”我想，这回来了！我问他要干什么。他说：“讲得太快，听不懂，请慢一点行吗？可以的话。”什么“请慢一点行吗？可以的话”，这话说得酸溜溜的。于是我回答他：“要是嫌快，就放慢一些。不过，我是江户哥儿，不会说你们这里的话，听不懂慢慢听好了。”就这样，第二堂比预想得要顺利得多。刚下课，一个学生说：“请把这道题讲一下，行吗？”他拿了一个很难的几何题来，弄得我浑身淌冷汗。没办法，我只得说：“我不懂，下回再说吧。”便急忙退了出来。学生们哇地哄闹起来。我听到有人喊：“他不会，他不会！”混蛋，老师不懂也是常有的事。不会就是不会嘛，有什么稀奇？要是这种难题也会做，我会冲着四十元钱跑到这种乡村来吗？我一边想，一边回到了休息室。豪猪又过来问：“这一堂怎么样？”我又“嗯”了一声。但光是“嗯”还觉不够，又添了一句话：“这个学校的学生太不懂事啦！”豪猪听了显出一副惊讶的神色。

第三堂、第四堂和下午的第一堂，都是大同小异。头一天上课的几个班级，都有些失败。我想，当个教师不像看热闹那般容易啊。课虽上完了，还是不能走，必须傻等到三点钟。听说到了三点，本班的学生打扫完教室前来汇报后，还得检查一下，再把点名簿翻看一遍，这才能回去。就算凭这点月薪把身子卖了，可无事时也被关在学校，两眼盯着桌子出神，这是哪家的王法？然而，别人都老老实实、规规矩矩，而新来的我反而爱耍性子，这样不太好。所以我忍住了。回来的路上，我对豪猪说：“你看，不管有事无事，一律在学校里关到三点钟，这太愚蠢啦!”豪猪先是“啊哈哈哈”地笑上一阵，接着一本正经地忠告我:“你可不能老是抱怨学校，要讲，就对我一个人讲，学校里有好多不三不四的人啊。”我们在十字街头分手，有些事没有来得及详细问他。

回到寓所，房东走进来说:“沏杯茶吧。”我原以为请我客呢，谁知他泡了我的茶叶，毫不客气地喝起来。看样子，我不在时，他也经常一个人闯进来干这种勾当吧。房东说:“我喜欢书画古董，后来就私下里做起这种生意来啦。依我看，你也是个风流儒雅的人物，也来搞搞这一行当怎么样?”他这样劝说我真是乱弹琴！两年前，我到帝国饭店替别人办点事儿，被误认为是修锁的铜匠；一次披着毛毯去看镰仓大佛，被车夫唤做“头儿”。直到现在，虽然经常被人误会，但从未有人称赞我风流儒雅哩。大凡风流人物之类，一般从穿戴、举止上可以看出来，从画上看，他们大都头戴方巾，手执书卷。这家伙一本正经说我风流儒雅，看来不是一般的坏人。我说:“那些都是消闲无聊的老爷们干的，我不喜欢。”房东嘻嘻地笑道:“不，谁也不是一开头就爱上这一行的，一旦进入此道，就再不想放手啦。”他一个人沏好茶喝起来，那动作很是奇特。本来，这茶叶是昨晚我托他买的，沏出茶来又苦又浓，我不喜欢，喝上一杯胃就感到难受。我告诉他，今后买些不苦的送来，他答应着，又喝了一杯。这家伙见是别人的茶就没命地喝。房东走了之后，我准备好明天的课程，很快睡了。

此后，我每天到学校按部就班上课，每天回来，房东就过来喝茶。过了一周光景，学校的情况大致了解一些，房东夫妇的为人也掌握了几分。问问别的教员，听说他们在接受委任书一周到一个月之内，非常关心人家对自己的反应是好是坏，而我一直无动于衷。

有时上课出点差错，当场有些不痛快，但过了三十分钟就烟消云散了。我这个人，不管干什么，即使自己想长久记挂在心上也办不到。课堂上的差错，究竟给学生造成怎样的影响，而这影响在校长和教务主任那里又有些什么反应，我全然不放在心上。前面说过，我是个缺乏魄力的人，但心胸却颇为旷达。这个学校不行，我可以马上到别的地方去。正因为有了这番主意，什么狐狸、红衬衫，我一点也不打怵。至于课堂上的毛孩子们，更不想巴结和讨好他们。在学校可以这样，在寓所却不行。房东只是过来喝喝茶，我倒也罢了，他还拿来了好多东西。起初是各种印石，一连摆了十几块，说："便宜卖了，一共只要三元钱，请买下吧。"我说："我又不是巡游乡里的蹩脚画师，不要这些玩艺儿。"下一次他又拿来了什么华山[①]的花鸟挂轴，亲手挂在壁龛里，说："不是很好吗？""是啊。"我好歹应付了一句，他又唠唠叨叨讲解了一番。他说华山有两个，一个叫什么什么华山，另一个叫什么什么华山，这幅画就是其中一个华山画的……"怎么样？若是你想要，就算十五元，请买下吧。"我一口回绝："没有钱。"他还在纠缠："没有钱？什么时候给都行啊。"我又说："有钱我也不买。"这才把他赶走。过些时候，他又搬来一块像兽头瓦一样大的砚台，连连说："这是端溪石，端溪石。"我半开玩笑问他："端溪石是什么东西？"他马上解释说："端溪石有上、中、下三层，现在时兴的都是上层，但这一块确实是中层。你瞧这个眼儿，有三个眼的很少见。研起墨来极佳，不信你试试看。"说罢，就把大砚台推到我面前。我问他卖多少钱。他说："物主是从中国带回来的，

① 渡边华山（1793—1841），横山华山（1784—1837），均为江户末期画家。

想早一点脱手，价钱便宜一些，就算三十元吧。”这家伙简直是异想天开。学校方面，我倒能平安无事地对付过去，碰到这位古董贩子，成日来兜销，真叫人受不了。

这期间，我对学校也讨厌起来。一天晚上，我到大町这地方散步，看到邮局隔壁挂着一块招牌，写着“面馆”二字，下面还注着“东京”。我很爱吃面条，在东京时，每打面馆前面走过，一闻到佐料的香味，就一心想掀开门帘吃上一顿。这一阵，被数学、古董之类搅混得连吃面条都忘记了。如今看到招牌，总不能白白放过。心想，顺便吃一碗吧，就走了进去。一看，不像招牌上标的那样。既然写着“东京”，应当搞得干净一些才是。是不了解东京，还是没本钱？到处脏得很。铺席都变了颜色，而且满是沙子，走上去扎扎拉拉的。墙壁被煤烟熏得漆黑，天花板经煤油灯烟熏火烤，黑糊糊的，又低，走在下面，不禁缩起脖颈。只有那堂而皇之写着各种品名和粘贴着价目表的菜单是崭新的。这间店定是买的旧房，才开张两三天。菜单上第一号是炸虾面。我大声喊道：“喂，来一碗炸虾面！”这时，聚在角落里刺溜刺溜正在吃面的三个人，一齐朝我这边张望。屋里很暗，一时没有留意，等一照面，才发现都是本校的学生。因为他们先打了招呼，我也寒暄了几句。很久没有吃到这样可口的面食了，当晚我一连吃了四碗炸虾面。

第二天，我毫不经意地走进教室，看到黑板上满满地写着“炸虾面老师”几个大字。学生们一看到我，哄然大笑起来。真是岂有此理！我于是问他们：“吃炸虾面有什么可取笑的？”一个学生回答：“不过连吃四碗总是太多了吧。”“不论四碗还是五碗，我花钱买来吃，关你们什么事？”我草草上完课回到休息室。过了十分钟，走进另一个教室，这回黑板上写着：“炸虾面四碗也，但并不可笑。”刚才我没有怎么生气，这次发火了。玩笑开过了头，就是恶作剧，欺人太甚，谁也不买账。看起来，乡巴佬不懂这个门道，以为不管如何瞎闹都没关系。住在这种巴掌大的镇子，逛上一小时就再没有看的了，当然不会有什么娱乐，所以才把炸虾面事件当作日俄战争一般宣扬吧。可怜的小子们！他们在童年时代就受到这样的教育，造就出这种小人物来，刁钻、世故，像花盆里的小枫树令人生厌。如若出于天真无邪，大家一同笑笑倒也没有什么，可这算什么呀？小小年纪，却这般刻毒。我一声不吭擦去黑板上炸虾面几个字，说："这种恶作剧有什么意思？这是卑劣的胡闹！你们懂得卑劣这个词儿的涵义吗？"一个家伙回答："自己做的事受到人家取笑而发怒才是卑劣啊。"可恶的东西！想到从东京特地跑来教这些人，实在叫人痛心。我说："别再胡说八道了，好好学习吧。"便开始上课了。等到进入下一班的课堂时，黑板上又写着："吃了炸虾面，就想胡说八道。"真是不堪收拾。我很生气："这样调皮的学生，我教不了。"说罢，急急忙忙往回走。后来听说放了假，学生都很高兴。这样看来，古董贩子倒比学校的学生好对付些。

回家睡了一夜，不再为炸虾面事件生气了。到学校一看，学生都来上课了，我有点奇怪。此后的三天平安无事。第四天晚上，我到一个名叫住田的地方吃了团子饭。住田是有温泉的小镇，从城里坐火车要十分钟，若是步行则需三十分钟。这地方有饭店，有温泉旅馆，有公园，还有妓院。我去的这家团子店坐落于妓院的大门口，听说很不错，洗完温泉澡，顺便去尝了尝。这次没有遇到学生，想来不会有人知道了。第二天到学校，上第一堂课时，看见黑板上写着："两盘团子七分钱。"可不，我是吃了两盘付了七分钱。瞎管闲事的家伙！我想，第二堂课肯定还会有好戏唱，一看，果然写着："妓院的团子，好吃好吃。”都不是好东西！

团子的事了结之后，谁知红毛巾事件又闹腾开了。是怎么回事呢？说起来也真无聊。我到这里以后，每天总要去一趟住田的温泉。在我看来，别的东西都远不及东京，独有温泉甚好。我想，好容易到了这地方，多洗洗温泉澡吧。于是每天晚饭前作为运动常到那儿去。我每次去时，总是拎着西式大毛巾。这毛巾经温泉水一泡，原来的红条子突现出来，看上去有些发红。我来来回回或坐车，或步行，总是拎着它。因此，学生们便管我叫“红毛巾，红毛巾”。住在这种小地方，反正得受气。还有哩，温泉浴室是新落成的三层楼建筑，雅座可以租借浴衣，加上搓背一共只花八分钱。此外，还有女子端着茶碗献茶。我总是洗雅座。这样一来有人就说，月薪四十元，每天进雅座，太奢华了。多管闲事！还有哩，浴池是花岗岩砌成的，地面宽大，足有十五铺席，经常有十三四人入浴，有时连一个人也没有。水深齐胸，为运动起见，在热水里游上一阵特别开心。我瞅着没有人的时候，便在十五铺席宽的浴池里游来游去，自得其乐。有一天，我从三楼兴高采烈地走下来，心想今天不知能不能游得成。我打门口向里一瞅，大木牌上贴着一张字条，上面赫然写着：“浴池内不得游泳”。在浴池里游泳的人并不多，这字条是新贴上的，肯定是冲着我来的。我从此打消了游泳的念头。游泳算是不行了，到学校一看，又同从前一样，黑板写着：“浴池内不得游泳。”这使我大吃一惊。看来学生们都在监视我这个人的行动呢。我有些闷闷不乐。本来自己想干的事，经学生一说就不干了，我不是这号人。但是，我为啥偏要跑到这种一转身就碰鼻子的狭小天地里来呢？每想起这一点就伤心。况且一回到寓所，又要受到古董贩子的折磨。

四

学校有值班制度，教职员轮流担当。但狐狸和红衬衫例外。我问他们为何不履行这个当然的义务，说是这两人都享有“荐任官”[①]待遇。哪有这个道理？月薪拿得多，上课时间少，又可以逃避值班，实在太不公平了。随意制定个规章制度，自己奉为天经地义，真是无耻之尤！我对此事大为不平。可是照豪猪的话说，一个人无论怎么不满，都是无济于事的。不管一人还是两人，只要正确就应该实行。豪猪引用一句英语might is right加以论证。我不明白，问他什么意思。他说：“强权即公理。”“强权即公理”，这个说法我过去就知道，如今用不着豪猪再作详细解释。不过，强权和值班究竟是两码事，谁承认狐狸和红衬衫是强者了？道理虽然这么讲，值班却渐渐轮到我的头上了。我有一种怪毛病，总要躺在自己的被子里才舒服，否则就无法入睡。打小时候起，我几乎从未在朋友家里过夜。朋友家尚且住不惯，更讨厌在学校值班了。然而讨厌归讨厌，但既然被四十元捆住了手脚，那也没办法，就耐着性子干吧。

教员和学生走光了之后，一个人孤寂地坐着，就像一只呆头鹅。值班室是教室后边宿舍西侧尽头的一个房间。进去一看，正赶上西晒的太阳，热得呆不下去。乡里到了秋天还在热个没完没了。晚饭时要来学生的一份饭菜吃了，简直糟透了。难为他们吃了这种饭还能那般胡闹。况且开饭甚早，四点半之前就吃完了，可算是英雄好汉。吃罢饭，太阳还老高的，没法去睡觉，便想去洗个温泉澡。当班时随便外出，我不知道是好是坏，可像坐牢一样冷冷清清关在这儿，我可受不住。刚来学校时，问值班的哪里去了，校工回答说出外办事去了。当时我很奇怪。一轮到自己就觉得情有可原了。外出是正确的。我对校工说："我出去一下。"他问："干什么去？"我说："没别的事，想洗温泉去。"说罢急忙走了。红毛巾忘在寓所了，真遗憾，今天只好在那边租用一下了。

随后，我在温泉里出出进进，消磨了很长时间。看看天色已晚，这才坐车回到古町的东站。从这里到学校不到一里路，抬腿就到。我迈开了脚步。这时，狐狸从对面过来了，也许想赶这趟火车到温泉去吧。他大步流星地走着，快要擦肩而过的时候，一眼看到了我。我跟他打了声招呼，于是，狐狸一本正经地问："今天好像是你值班吧？"什么好像不好像的？两小时之前，不是还给我讲："今天初次值班，辛苦啦。"和我客气一番吗？当了校长说起话来就要这样拐弯抹角的吗？我满肚子不高兴，说："嗯，是我值班。正因为值班所以这才回校，老老实实住在那儿。"说完，扬长而去。到了竖町的十字路口又碰到了豪猪。地方狭小，一出来总要撞见什么人。"喂，不是你值班吗？""嗯，是我值班。""值班时间出外乱跑不合适吧？"我神气十足地回答："有什么不合适？不准出来才不合适哩！""你这样吊儿

① 由内阁总理推荐任命的三等以下的高级官吏。

郎当可不好，要是碰到校长或教务主任就麻烦啦。”这不像豪猪说的话。“刚才碰见校长了，校长表扬我出外散步呢。他说，天气热，值班时不出外走走，哪受得住啊。”我嫌麻烦，再不愿多说，便匆匆回学校了。

不一会儿天就黑了。晚上我把校工叫到值班室闲聊了两个多钟头，谈够了，不管能不能睡着就想往床上钻。我换上睡衣，撩起蚊帐，推开红毛毯，咚地一屁股坐倒，仰面朝天躺着。我睡觉前先摔个屁股蹲儿是从小就养成的习惯。这是个坏习惯，住在小川町公寓的时候，楼下法律学校的学生曾经向我提过意见。这个学法律的学生很懦弱，但嘴巴很能讲，长篇大论讲了许多愚蠢的话来。我顶撞他说：“睡觉时发出咚咚的声音，不是我的屁股作孽，是因为公寓的建筑太简陋了。你有意见可直接找房东提。”这间值班室不在楼上，不管怎么摔都没有关系。不摔个痛快我是决不想睡觉的。啊，真快活！我伸开腿，忽然觉得有什么东西跳到两腿上了，扎扎拉拉地不像跳蚤。哎呀，我吓了一跳，两腿在毛毯里抖搂了好几下。谁知，这些毛扎扎的东西骤然多起来，小腿上五六处，大腿上两三处，屁股下面扑哧压碎了一个，蹦到肚脐眼上一个。我越发害怕了。我一骨碌爬起来，把毛毯啪地向后一扔，被子里跳出来五六十只蚂蚱。摸不清是什么东西时，心中多少有些害怕，一看是蚂蚱，顿时发火了。几只蚂蚱也来吓唬人，看我怎样整治你们。我抡起枕头，狠狠砸了两三次。无奈对方太小，使再大的力气也砸不着它们。没办法我又坐在被子上，像大扫除时卷起软席敲打地面一般一个劲儿猛砸。蚂蚱吃惊了，随着枕头跳上来，或撞击或落在我的肩膀、脑袋和鼻尖上。落在脸上的不能用枕头打，只能用手抓来使劲摔死。令人气恼的是，不管花费多大力气，由于掼到蚊帐上了，只看见蚊帐轻轻颤动一下，便毫无反应了。而被扔过去的蚂蚱则扒住蚊帐一动不动。用了半个钟头总算把蚂蚱消灭。我拿来扫帚清扫了蚂蚱的残骸。校工来问："怎么回事？"我便骂道："什么怎么回事，普天之下哪有将蚂蚱圈在床铺里的？混账！"他辩解说："我不知道。""不知道就行了吗？"我把扫帚往走廊上一扔，校工胆战心惊地扛起扫帚回去了。

我立即叫寄宿学生来三人作为代表，谁知来了六个。管你六个还是十个，我都不怕。我身上穿着睡衣，卷起袖子开始谈判。

"你们干吗把蚂蚱放到我的床铺里？"

"蚂蚱是什么呀？"领头的一人说。装得倒挺冷静。这个学校，不光校长，连学生说起话来都拐弯抹角的。

"连蚂蚱都不知道，要是不知道就让你见识见识。"我说。不巧全扫光了，一只也不剩。我又喊校工："把刚才的蚂蚱拿来。"校工说："已经扔进垃圾桶里了，要不要再捡回来？""嗯，马上去捡。"校工急忙跑出去，不多久便用纸盛了十多只来。"对不起，偏巧是夜晚，只捡来一点儿，明天再多捡些回来。"校工也是个混蛋。我拿起一只蚂蚱给学生看："这就是蚂蚱，长这么大个子连蚂蚱都不认识，像话吗？"站在最左首的一个圆脸的家伙说："这是蝗虫那摩西[①]。"他傲慢地将了我一军。"混蛋！蝗虫和蚂蚱还不都一样！你当着老师的面说什么那摩西？你不知道只有吃烤豆腐串时才吃青菜饭的吗？"我来个反戈一击。于是他说："那摩西和青菜饭不同。"那摩西。这家伙不管什么都是"那摩西"。

---

① "那摩西"是四国、九州、尾张等地方言对话中的语尾音。同下文的"青菜饭"谐音。

“蝗虫也罢，蚂蚱也罢，为啥要放进我的床里？我什么时候叫你们把蚂蚱放进来啦？”

“我们谁也没放。”

“没放怎么床上有？”

“蝗虫喜欢暖和的地方，想必是自己爬进去的。”

“胡说！蚂蚱怎么会自动爬进来？要是蚂蚱都能这样爬进来，那还了得。为啥要干这种缺德的事？说！”

“说什么？我们没放怎么说呢？”

没出息的东西！自己做事不敢承认，干脆别做的好。人家拿不出证据，就假装胡涂死乞白赖。本人读中学时干了一些顽皮的事，但是有人问起谁干的时候，我从来不装熊、打怵。干就干了，没干就是没干。本人不管如何淘气，都是光明正大的。想用撒谎来逃避受罚，当初就别去淘气。要淘气就要受处罚，有了处罚淘气才显得有趣。光想淘气不愿受罚，我以为这是一种卑怯的品性。这种品性在某个地方流行着。我想，这些家伙毕业之后肯定会干出借钱不还的事情来。这些人究竟为什么上学？上了学就撒谎骗人，背地里阴阴阳阳地干坏事，然后冠冕堂皇地毕了业，以受教育者自居。这简直是一群执迷不悟、微不足道的冥顽子弟。

同这帮窝囊废谈判，心中很不愉快。“你们不肯说，我可以不问下去。进了中学的门，连什么好什么坏都区别不上来，太可悲啦。”说罢，我把六个学生撵走了。我想，自己的言语、态度虽说不算好，可一颗心却比这帮家伙要高尚得多。六个人慢腾腾地回去了，表面上看，比当教师的我显得更为神气，其实这种镇静更证明他们的可恶。我实在没有这样宽广的心胸。

我又上床躺下，由于刚才的一番折腾，蚊帐中蚊子嗡嗡直响。要是点起灯烛一只只去烧，那样太麻烦，于是就摘下蚊帐，叠成长条，在屋子中央上下左右甩了一气。环子砸在手背上，好一阵疼痛。当我第三次上床时，稍微定了心，可还是睡不着。一看表，十点半了。想来想去，真不该跑到这个鬼地方来。一个中学教师，不管到哪儿总是跟这帮小子打交道，那也太可悲了。但做教师的仍是绵绵不绝。这些都是忍耐力极强的胡涂虫吧。无论如何我是做不到的。想到这里，觉得阿清这样的人值得尊重。她虽然是个没受过教育、没有地位的老婆婆，但作为一个人是很高贵的。从前受到她的照料并未觉得有什么难得，如今只身来到异乡，才理解她的一片热诚。她想吃越后的竹叶糖，纵然我专门到那里跑一趟，买来送到她嘴里也是值得的。阿清夸我不贪心，品行端正，这是称赞我。实际上，她自己要比我更为高尚。我多么巴望能见见她啊！

我惦念着阿清，正在床上翻来覆去的当儿，突然头顶上响起了咚咚咚用力跺楼板的声音。听起来足有三四十人，那声音几乎要把楼板踩塌似的。接着就腾起一阵哄闹，比顿足还要响亮。我吃惊地跳下床来，不知出了什么乱子。刚一起来我就恍然大悟，学生们瞎闹完全是对刚才那件事的报复行动。你们做了坏事不来认错，那过错是不会消失的。做了坏事，你们自己明白。按理说，本该睡到床上反省一下，明天一大早过来赔个不是。即使不反省，也该问心有愧，安安稳稳地睡觉。大吵大闹，这算什么？盖宿舍不是为了养猪养狗，装疯卖傻总有个限度。等着瞧吧！我穿着睡衣跑出值班室，三步并两步顺着楼梯上了二楼。奇怪，刚才头顶上还是扑通扑通大闹，眼下忽然寂无声息了。人声、脚步声都消失了。活见鬼！灯已熄了，黑暗中看不清哪里摆着什么东西。但是有没有人还是可以从四周的样子判断出来。从东到西长长的走廊上，连一只老鼠也藏不住。月光从走廊的一头照进来，远远望过去一片明净。真奇怪。我小时候经常做梦，有时从梦中折身而起，嘴里说着莫名其妙的呓语，因而受到别人的取笑。十六七岁时，一天夜里，我忽然梦见拾到一块宝石，腾地站起来高声问身边的哥哥："刚才的宝石哪儿去啦？"这件事被人当作笑料谈论了三天，弄得我很难为情。由此看来，这回莫非仍是梦吗？但是确实听到了吵闹声。正当我在走廊上寻思的时候，月光照耀着的那一头，三四十人同时呼喊："一、二、三、哇——！"不一会儿，又像刚才一样，咚咚咚，拼命跺楼板。看，果然不是梦，是事实！"安静些，半夜三更闹什么？"我也不甘示弱喊着，顺着走廊向那边跑过去。我前面的路是暗的，只把顶头的月光当作目标了。我刚跑出一丈多远，来到走廊中央，小腿突然撞在又粗又硬的东西上，感到一阵剧痛，身子早已栽倒在地。畜生！我爬起来，再也跑不动了。心里着急，双脚却不听使唤。我急不可耐，一只脚跳着走过去。这时顿足声和呼喊声都消失了，周围鸦雀无声。不论多么卑劣的人，也干不出这种下流的勾当。简直是一群猪。这下子非得把躲藏的家伙拖出来认罪不可。我决心打开一间宿舍的门检查一下，可是怎么也打不开。或许里面反锁上了，再不然就是用桌子什么顶住了。推了推，就是推不开。再试试对面朝北的一间，同样开不开。我正着急想打开门拖出里面的人来，这时东头又开始跺脚和喊叫了。我心中暗想，这帮小子是预先商量好了，东西呼应来同我作对的。可我不知怎样对付他们才好。坦白地说，我勇猛有余而智慧不足，逢到这种时候应当如何，我全然不知。虽然不知但决不服输。若就此罢休又关系到自己的脸面。要是叫人说什么江户哥儿不争气，那就太遗憾了。值班时被一帮子拖鼻涕的毛孩子作弄得好苦，又无法对付，只能忍气吞声睡大觉。人家要是知道了，这是一辈子的羞耻。我家原是旗本[①]出身，旗本的祖先是清和源氏[②]，多田满仲[③]的后裔，生下来就和这些土百姓不同，只是缺乏智慧，令人惋惜，遇事束手无策，使人困惑。即使困惑也不认输。正因为正直，所以不知道该怎么办。想想看，难道这世界上正直的人不得势，反叫别的什么人得势吗？今晚上不取胜，明天取胜；明天不取胜，后天取胜；后天不取胜，从寓所带来饭盒一直住到取胜那天为止。一旦下定决心，我盘腿坐在走廊中央等待天明。蚊子嗡嗡飞来，我也毫不在乎。摸摸刚才碰伤的小腿，似乎黏黏糊糊的，准是淌血了吧。若是淌血就随它淌好了。不知不觉疲倦起来，终于昏昏沉沉地睡着了。忽听一阵吵闹声，睁眼一看，哦，糟糕！连忙跳起来。我右边的房门已经半开，两个学生站在我面前。我清醒过来，心里一惊，马上抱住一个学生伸到我鼻子尖下面的一只脚，用力一拽，那家伙扑通一声仰面朝天摔倒了。活该！另一个人不知所措，我趁着他惊慌的当儿，猛扑过去，抓住他的肩膀又推又搡，吓得他目瞪口呆，直眨眼睛。“走，到我房里来！”我拖着他走。看来是个胆小鬼，他顺从地跟我来了。这时天已经放亮了。

我把那个学生带到值班室来审问。猪到底是猪，揪他打他，一口咬定不知道，就这样死熬着决不招供。这时，来了一个人，又来

---

① 江户时代直属于将军家的武士。
② 第五十六代天皇清和所赐为源氏的氏族。
③ 多田满仲（912—997），摄津国多田人，曾做过镇守府将军。

了一个人，学生从楼上陆续会集到值班室里。看上去个个眼泡红肿，困倦不堪的样子。没出息的东西，一个晚上不睡觉就这副狼狈相，充什么好汉！我叫他们洗了脸再来说话，可他们谁也不动。

我和这五十多个人一问一答地谈了一个钟头，狐狸突然来了。后来听说，校工特意向他汇报，说学校里闹乱子了。芝麻大的一点事去叫什么校长，没出息！所以只配在学校里打杂。

校长听我大体讲述了一遍，又听了听学生讲的一些情况。于是说道："以后处理，现在照常上课，快去洗脸，吃早饭，否则来不及了。"他把学生全放走了。和什么稀泥？要是依了我，马上勒令寄宿生全部退学，这样放纵下去，致使学生连值班教师都敢捉弄。校长又对我说："你想必也很费心，很劳累了，今天就不要上课了。"我回答："不，我一点儿不费心，这种事儿即使每天晚上来一次，只要我活着，都不会费什么心。课仍然去上，一个晚上不睡觉就不上课，应该扣除一部分月薪交还学校。"校长似乎想起了什么，他老大一会儿注视着我的面孔，提醒我说："不过你的脸都肿了呀。"怪不得有些麻木，而且满脸发痒。肯定是蚊子叮的。我用手在脸上抓搔着，回答道："不管脸肿成什么模样，嘴还能讲话，不影响上课。"校长笑着称赞我说："你的精力很旺盛。"说实在的，这不像是表扬，而是嘲笑啊。

五

“你去不去钓鱼?”红衬衫问我。红衬衫这人说话娇声细气，使人觉得肉麻，简直不知道他是男是女。男人就应当像男人一样讲话。亏得他还是大学毕业生，连我这物理学校出身的人，嗓门都很洪亮，一个文学士窝窝囊囊的，太不像样了。

“唔，这个嘛——”我懒洋洋地回答。他毫无礼貌地问:“你钓过鱼没有?”我说:“钓得不多，幼年时候，我在小梅町的养鱼池里钓过三条鲫鱼。还有一次去神乐坂的毘沙门堂赶庙会，眼看着八寸长的鲤鱼上钩了，心想，太好啦，谁知又扑通掉到水里，直到现在还觉得可惜。”红衬衫撅着下巴颏嘿嘿地笑了。我想，用不着这般装腔作势。“这么说，你还没有尝到钓鱼的乐趣呢。如果愿意，我教你。”他颇为得意地说。谁要你教?大凡钓鱼和打猎这一行，都是残酷无情之辈干的，不残酷无情，就不会以杀生取乐。不论是鱼是鸟，活着总比被捕杀更快活。不钓鱼打猎便不能维持生计的人当然例外，而那些生活中并不缺少什么，非杀生不能安枕的人实在太不近人情了。我心中虽这么想，但对方是文学士，能说会道，争论起来敌不过他，所以就闷声不响了。谁知这位先生自以为把我降服了，说:

“这就教给你吧。如果有空，今天怎么样？一道去吧，只有我和吉川君两人，太冷清了，你也来吧。”他一个劲儿劝我。他所说的吉川君就是图画教员那个小丑。这个小丑不知是何用心，朝夕出入红衬衫家，红衬衫不论走到哪里，他都跟在后边，简直不像同事，倒像一主一仆。红衬衫要去的地方，小丑也一定去，这不足为怪。不过他俩去就行了，为何约我这个不知趣的人呢？大概自以为这是一种高尚的雅兴，向我显示他钓鱼的本领才殷勤相邀的吧。这种事儿唬得了谁？即使钓到三条两条金枪鱼也没啥了不起。我也是人，本领不管如何，只要放下钓丝总能钓上几条来。要是我不去，那红衬衫肯定以为我技术差不敢去，而不会理解为我不想去。想到这里我就回答：“那就去吧。”料理完学校的事，回到寓所准备了一下，到车站同红衬衫和小丑聚齐就到海滨去了。船夫一人，船身细而长，在东京一带根本没见过这样的船。我一到船里就打量了一下，一根钓竿也没看到。没有钓竿怎么钓鱼？我问小丑是怎么回事。他说：“海上钓鱼不用竿子，光用钓丝。”他抚摸着下巴颏，一副颇为内行的口气。早知被他一句话噎住，还是一言不发为好。

船夫缓缓地打着桨，他的技术却熟练得惊人。海滨的景物显得越来越小了。高柏寺的五重塔直立在树林的上头，像针一样又尖又细。向前看，青岛漂浮在水面。听说这是个无人居住的海岛。仔细一看，上面只有石头和松树。是啊，净是石头和松树怎么居住？红衬衫不停地眺望着，说真是一派好景色，小丑也说简直是奇观。奇观不奇观我不知道，但心情确乎舒畅。我想，在这广阔的海面上，沐浴在潮润的海风里，对健康是有益的。我感到肚子特别饿。红衬衫对小丑说：“你看那棵松树，树干笔直，上头像伞盖一样张开，像是透纳[①]画面里的景物。”小丑似乎心领神会，说：“确实像透纳的画，真是曲尽其妙，和透纳毫无二致。”透纳是什么人，我不知道。不过不打听清楚，于我也无碍，所以我没有开口。船从海岛的左边绕了一圈儿。风平浪静，令人难以想象是在海上。多亏红衬衫，此行甚感愉快。如果可能，真想到岛上看看，于是问道：“那块满布岩石的地方，船能靠岸吗？”红衬衫不大同意，他说：“船倒是可以靠岸，不过钓鱼是不能太接近岸边的。”我沉默不响了。小丑却多此一举地说道：“怎么样？教务主任，将这海岛命名为透纳岛吧。”红衬衫立表赞成。“这太有意思啦，咱们今后就这样叫吧。”这个“咱们”里头要是把我也算进去，那就不好了。至于我，我只愿叫它青岛。小丑说：“要是把拉斐尔[②]的玛童娜[③]置于那块岩石之上，一定可以画出一幅好画来。”“不要再提玛童娜啦，嘻嘻……”红衬衫笑得有点蹊跷。小丑又朝我望望说：“这里没有什么人，不要紧的。”说罢转过脸去，嬉皮笑脸的样子。我感到无可言状的厌恶。玛童娜也好，小少爷[④]也好，和我有什么关系？随你叫她来站着好了。谈论一些别人听不懂的事，以为人家听了也没有关系，做出若无其事的样子。这是下流的行为！亏他本人说自己还是江户哥儿哩。我想，这位玛童娜定是和红衬衫相好的艺妓的诨号了。叫相好的艺妓站在无人岛的松树下面欣赏，原不管我的事。小丑还可以将此情此景绘一幅油画拿到展览会上去。

“就在这儿吧。”船夫将船泊下，落了锚。红衬衫问：“这儿有多

---

① Joseph M. W. Turner（1775—1851），英国画家，擅长风景和水彩画。
② Santi Raffaello（1483—1520），意大利文艺复兴画家，以画圣母像闻名。
③ Madonna，指绘画、雕刻中的圣母像。
④ “小少爷”和“Madonna”，在日语里发音相近。

深？”船夫说：“有三丈多深。”“三丈多深是不容易钓鲷鱼的。”红衬衫边说边把钓丝放到海里。这家伙竟然想钓鲷鱼，真是异想天开。小丑奉承道：“哎，凭教务主任的技术准能钓到，现在正是风平浪静呀。”他也把钓丝放到了水里。这钓丝的一端只吊着秤砣一般大的铅块，没有浮标。钓鱼没有浮标，如同量热度没有温度计一样。我只是看着，心想，我怎么也做不来。这时忽然听到一声喊：“喂，你也来钓，有钓丝吗？”“钓丝倒很多，只是没有浮标。”“没有浮标就不能钓吗？你真外行。这么办，钓丝坠入水下后，你在船舷用食指查看动静，鱼咬钩时会有感觉的。——噢，来啦。”这位先生连忙收起钓丝，以为钓到了，结果什么也没钓着，只发现鱼饵没有了。活该！“教务主任，太遗憾啦！这条鱼肯定是大个儿，凭教务主任这样的好手，竟也给逃啦，今天实在不能大意。不过逃就逃了吧，总比干瞪着眼望浮标的家伙强得多。他们要是离开了车刹就不能骑自行车。”小丑发了一通奇谈怪论，我真想狠狠揍他一顿。我也是人，这大海又不是教务主任一个人包下来的。这里水面宽阔，按道理说，也得来一松鱼给我钓钓。我扑通一声把钓丝和铅锤抛进海里，用指尖牵住。

不一会儿，感到有什么东西撞上了钓丝。我想，这肯定是鱼了，如果不是活的东西，不会这般颤动的。好，上钩啦！我开始收起钓丝。小丑嘲讽地说：“哎呀，钓着了吗？真乃后生可畏呀！”小丑说这话的当儿，我的钓丝已收起了大半，只剩下五尺多还浸在水中。从船舷望过去，一条金鱼般纹样的鱼挂在钓丝上，左右飘荡，随着手浮上来。真有趣！它露出水面的当儿，活蹦乱跳，溅了我满脸都是水。我好容易将它抓住，想把钓钩取下来，可老是拽不掉。抓着鱼的手黏湿湿的，好不腻味。我嫌麻烦，抡起钓丝摔到船里，鱼立即死了。红衬衫和小丑吃惊地望着。我把手抄进海水哗啦哗啦洗了一阵，用鼻子一闻，仍有一股鱼腥味。已经够了，不管钓上来什么鱼，我再不愿意用手去抓了。鱼想必也不愿意被人抓在手中吧。于是，我急忙卷起了钓丝。

“一举立了头功倒是本事，不过是个古儿基①。”小丑又傲慢无礼了。“古儿基这名称倒很像俄国文豪的名字啊。”红衬衫打趣道。“可不，简直就像俄国的文豪啊。”小丑马上表示赞成。高尔基是俄国文豪，丸木②是东京芝区的摄影师，可以吃的树③是生命的保障。这就是红衬衫的怪癖，一碰到人就要罗列一些用正楷字母书写的外国人名。各人有各人的长处，像我这样的数学教师，哪里知道什么高尔基，什么拉车④的呢？还是客气些为好。要说最好说点《富兰克林自传》⑤啦，《Pushing to the Front》⑥啦什么的，这些都是我所知道的名称。红衬衫时常拿着一本名叫什么《帝国文学》⑦的红封皮的杂志到学校里来，津津有味地阅读。我问豪猪才知道红衬衫那些用正楷字母写的人名都出自这本杂志。看来，《帝国文学》也是罪恶多端。

红衬衫和小丑拼命钓鱼，两人花了一个多小时，钓了十五条。令人可笑的是，钓来钓去全是古儿基，连个鲷鱼的影子也没见到。红衬衫对小丑说：“今天俄国文学大丰收。”小丑回答：“凭您这么高的技术也只钓了古儿基，我就更不在话下啦，这是理所当然嘛。”问

---

① 生长在暖海岩石、水藻间的颜色鲜艳的小鱼。松山一带又叫鲚鲹。
②③④ 这几个词的发音都和“高尔基”相近。
⑤ 美国政治家富兰克林（1706—1790）的自传。当时日本中学英语教科书上有部分摘录。
⑥ 讲述资本主义处世哲学的书，曾经被中学课本广泛引用。
⑦ 1895年（明治二十八年）创刊于东京帝国大学，是文科各系的机关刊物。

了船夫，据说这种小鱼刺多，味道差，根本不能吃，只能用来肥田。红衬衫和小丑拼命钓了一堆肥料哩。可怜，可怜。我钓了一条就厌烦了，仰面朝天躺在船舱里，一直眺望着天空。这比钓鱼更有雅兴。

他俩又小声谈论起来。我听不真切，也不想听。我仰望着空中，心里思念起阿清来。我如果有钱，带领阿清到这个清幽的地方玩一玩该有多快活。不管景色如何优美，和小丑之流呆在一起总不会开心。阿清虽然是个满脸皱纹的老婆婆，但是不论带她走到哪里也不会感到羞耻。像小丑这般人物，不管是乘马车，坐船，登凌云阁[①]，都无法同他接近。我要是教务主任，红衬衫是我，他一定对我也是巴结奉迎而冷落红衬衫的。人家都说江户哥儿轻薄，正是这帮子弟游冶外乡，到处以江户哥儿自居而造成的。乡下人都是一个想法：轻薄当数江户哥儿；江户哥儿就是轻薄。我正在想着，他俩不知为什么嘻嘻窃笑起来。笑声不时夹杂一些断断续续的谈话，使人不得要领。“哎，怎么样呢？……”“……可不是嘛……不知道呀……真遭罪！”“真的？……”“蚂蚱？……是真的吗？”

别的话我没有听清，小丑一提蚂蚱，我不由一怔，不知小丑为何将“蚂蚱”二字着力说出，清清楚楚送进我的耳朵，又故意把后面的话说得含混不清，我一动不动地听着。

“又是那个堀田……”“也许是……”“炸虾面……哈哈哈哈。”“……煽动……”“团子也……”

他们的谈论虽然断断续续，但是从提到的“蚂蚱”、“炸虾面”、“团子”等几桩事情上推测，一定是背后议论我。要说就大声地说，

---

① 东京浅草公园十二层八角形砖石建筑，俗称“十二阶”。1892年竣工，1923年毁于关东大地震。

你们既然怕人听见，又何必约我同来呢？存心不良的家伙！蚂蚱也罢，踏雪草鞋[2]也罢，我并没有错。校长说以后处理，我给那张狐狸脸留个面子，才忍耐到今天的。这个小丑却在飞短流长，你还是老老实实收起那一套吧。我的事迟早由我一人解决，没什么要紧。不过他所说的“又是那个堀田”、“煽动”之类的话倒引起我的注意。他是说堀田煽动我大闹一场呢，还是说堀田煽动学生存心整我呢？一时弄不明白。我仰望青空，阳光渐渐弱了，海风阵阵，略带寒意。香烟一般的浮云在澄澈的空中缓缓流动，静静地飘散到深邃的天际，化成了一缕缕迷离的轻雾。

“该回去了。”红衬衫忽然想起了什么。“嗯，正好是时候了，今晚要见玛童娜小姐吗？”小丑问。“别胡说！”小丑知道坏了事，便把身子紧贴在船舷边，红衬衫叫他坐好。“嘿嘿嘿嘿，没关系，他听到也……”小丑转过脸的时候，我正瞪着大眼紧紧盯着他。小丑昏眩般地掉回头去：“啊，这下子糟啦。”他缩起脖子直搔头皮。恬不知耻的东西！

船在静静的海面上划向岸边。红衬衫问我：“看来你不太喜欢钓鱼吧？”我回答：“嗯，还是躺着仰望天空更有意思。”我把吸剩的烟头扔进水里。烟头嗞的一声，在橹端摇荡着，随着水花漂浮而去。“你来了学生也很欢迎，你要好好干哪。”这回他又谈起和钓鱼完全无关的事来。“不见得欢迎吧？”“不，我不是说奉承话，他们很欢迎。对吧，吉川君？”“岂止欢迎，简直弄得满城风雨啊。”小丑阴阴地冷笑着说。不知怎的，这家伙一开口我就来火。红衬衫说：“不

---

①“蚂蚱”和“踏雪草鞋”原文发音近似。

过，假如你不谨慎那就危险啦。”我顶了一句：“怎么都是危险，就任凭它危险好了。”我早打定了主意，不是我被免职，就是全体寄宿生向我赔罪，二者必居其一。“你这一说叫我如何是好。作为教务主任，我的话全是为你着想，你要是误解了我的意思，那叫我怎么办呢？”“教务主任对你一片好心。我虽能力不及，但也是个江户哥儿，总希望你能长期在校，互相照顾，我也可以为你暗地效力呢。”小丑倒也说了一番人话来。接受小丑的照顾还不如上吊寻死来得舒服。

“所以，你到学校来，学生是非常欢迎的。虽然其中有各种各样的情况，也有惹你生气的时候，不过你总得忍耐些，坚持下去。我决不会做出对你不利的事情来的。”

“你说各种各样的情况指的是什么？”

“这倒有些复杂哩，你会渐渐明白的。我即使不说你也会自然弄明白的。是吧，吉川君？”

“哎，确实有些复杂，不是一朝一夕能够弄清楚的，不过逐渐会明白的，我即使不说你也会自然弄明白的。”小丑的话和红衬衫的一模一样。

“这样复杂的问题，我本来可以不问，因你主动提到了我才问的呀。”

“此话有理。好，就说一点吧。你不要见怪，你刚从学校毕业，做教师也是头一遭。学校这种地方有种种实际情况，且不可书生气十足，坦率行事啊。”

“不能坦率行事，那么怎样才好呢？”

“呶，像你这般直率，可以说还缺乏经验哪……”

“本来就缺乏经验，履历书上已经写了，只有二十三年零四个月。”

“是啊，所以说在你不留意的时候，就会被人钻了空子。”

“只要为人正派，谁钻空子也不怕。”

“当然不怕。虽然不怕，人家也要钻的，你的前任就吃了大亏，所以我劝你要注意。”

我感到这阵子小丑安稳多了，回头一看，他正在船尾同船夫谈论钓鱼的事。小丑不在，我们的谈话自由多了。

“我的前任被谁钻了空子？”

“你问是谁，因为关系个人的名誉，我不便告诉你。再说也没有确凿的证据，若说出来就是我的不对了。总之，你特意到此地来，要是在这件事情上失败了，也不是我们请你来的本意，还是注意些为好。”

“说要注意，到底要怎么注意呢？我不做坏事不就得了吗？”

红衬衫呵呵笑起来。我并没有说什么值得发笑的事。直到现在为止，我坚信我没有什么错。细想起来，世上大多数人都在鼓励干坏事。他们认为，在社会上不干坏事就无法获得成功。有时见到一些刚正而纯粹的人，就管人家叫“哥儿”或“小子”，百般刁难，态度轻蔑。照这样，中小学的德育教员就不要再讲什么“不要撒谎”、“要诚实”之类的话了。上课时干脆教学生如何撒谎，如何不信任他人和诬陷他人的法术好了，这样，对社会对自己都有好处。红衬衫乐呵呵地笑着，他是笑我的单纯。在现今社会上，单纯和直率反遭嘲笑，真叫人没办法啊。阿清在这种时候是决不笑的，她一定是感动地倾听着。阿清比起红衬衫来要高尚得多。

“不干坏事当然很好，但是自己不干坏事，别人却在干坏事，而自己不知道，依然要吃大亏的。在这个世界上，有些人看起来似乎光明磊落，淡泊正直，热心地为人家张罗住处，但对他却大意不得啊……天气变冷了，已是秋天了吧。海岸罩在灰黑的夕霭中。喂，吉川君！怎么样？你看那海滨的景象……”红衬衫大声呼唤着小丑。

“啊，妙极啦！真是奇景。有时间真想写生呢，就这么眼看着放过去，太可惜啦。”小丑百般迎合。

港屋寓所的楼上已经点起了灯。火车的汽笛呜地叫了一声。这时我们的船驶抵了海岸，船头嚓地顶在沙石上不动了。“你们回来啦？”老板娘站在海滩上对着红衬衫打招呼。我从船头“呀”的一声跳上了岸。

六

小丑最讨厌。这种人应该捆上大石头像压腌菜一般坠入海底，那才叫为日本造福哩。红衬衫的声音也不讨人喜欢，他似乎将原来的声音有意装得娇里娇气的。他不管如何做作，那副尊容却叫人看不惯。即使有人看中，也只能是玛童娜那号人。然而到底是教务主任，谈吐要比小丑深奥多了。回去后，我把这家伙的一番话想了一遍，觉得有些道理。他的话若明若暗，叫人摸不着头脑。不过他好像暗示："豪猪不是好东西，你要当心。"要是这样，干脆明说也无妨。真不像个男子汉。如果是个很坏的教员，尽早免职岂不更好。教务主任虽然是个文学士，却这样没有骨气，即使私下里议论起来也不敢指名道姓，看来肯定是个胆小如鼠的人。大凡胆小鬼都很亲切，所以那位红衬衫也像女人般和善。亲切归亲切，声音归声音，因为讨厌他的声音而将他的亲切也一概抹杀，这有些说不过去。然而这世界也真叫人不可思议，看了生厌的人有着好心肠；意气相投的朋友反而是恶棍。实在太捉弄人了。也许因为是乡下，万事都和东京相反吧。真是个离奇的地方。抑或会有烈火冻成冰、石头变成豆腐之类的事呢。不过，那豪猪总不至于煽动学生恶作剧吧。听说他在学生中人望最高，一般的事只要他想干就能干得起来。然而，他也用不着拐弯抹角，直接抓住我吵上一架，不是更省事吗？如果我妨碍了他，那他可以如此这般地向我提出来："你在这里碍着我，快点辞职吧。"不管什么事都是可以商量的。如果对方言之成理，我明天就辞职。此地不养爷，自有养爷处嘛。即使走遍天涯，也决不会饿死路旁。豪猪这种人也不值得理睬。

我来此地，第一个请我吃冰水的就是这个豪猪。这种表里不一的家伙，请我吃一杯冰水，这关系到我的脸面。因为我只吃了一杯，所以他只付了一分五厘钱。欠了一个骗子的人情，到死也不会快活。明天到学校，决心还他一分五厘。我从阿清那里借来三元，这三元钱已经五年了，至今尚未归还。不是还不起，而是没有还。阿清也不会老记挂着这件事，时刻揣摩我的心思："快还了，快还了。"我呢，也不打算马上还她，使她觉得像对待外人一般。如果我老惦记着这件事儿，那就等于怀疑阿清的一片诚心，给她纯洁的心灵涂上污点。我不还钱并不是想欺负她，而是把她当作自己的亲人一般看待。豪猪同阿清当然不能相比，哪怕一杯冰水，一碗甜茶，默然感受着他人的恩惠等于承认这个人的人格，表示对他抱有一番厚意。像这类事，只要掏掏腰包即可了结的，但偏让人家出少许的钱，而自己却怀着极大的感激，这不是用金钱所能换取的。我虽然无官无爵，但却是个独立自主的人，要使一个自立的人垂首表示感谢，应该看作是比百万黄金还贵重的礼仪啊！

我让豪猪发狠付了一分五厘钱，这是比百万黄金还要尊贵的答礼。豪猪理应十分珍重才是。谁知他竟背着我干出那种卑劣的勾当。真是混账东西！明天去还了他一分五厘，那就什么也不欠了。等清了账以后，再同你理论。

想到这里，我感到疲倦，就昏昏睡了。第二天，由于心中有事，便极早赶到学校等着豪猪。可迟迟不见他的面。老秧来了。汉学教员来了。小丑来了。最后，红衬衫也来了。只有豪猪的办公桌上躺着一根粉笔，静悄悄的。我本来想一进休息室就还他，从出门起就像上澡堂一样把一分五厘攥在手里，一直带到学校。我的手心好出汗，张开一看那一分五厘钱早被汗水浸湿了。心想，要是把汗水浸湿的钱给他，豪猪说不定会说闲话，所以在桌子上吹了又吹，重新攥在手里。这时，红衬衫来了，他说："对不起，昨天有劳你啦。"我回答："不客气，托你的福，肚子有些饿。"红衬衫把胳膊肘撑在豪猪的桌子上，把他那张秤盘般的圆脸凑到我的鼻子旁边。我想他究竟要干什么呢？只听他说："哎，昨天回来时咱们船上谈的事儿请保密。你没有告诉别的人吧？"这人说话一口女人腔，看来真是个胆小怕事的人。我确实还未曾说出去，不过，现在正打算要说哩，已经把一分五厘钱在手中准备停当，要是这时候再被红衬衫封住口，那可有些难办。红衬衫呀红衬衫，你虽然没有指名是豪猪，但你留下了一个可以推断出来的谜。如今又不想让人家解开这个谜，你哪里像个教务主任？太不负责了。按理说，我和豪猪真刀真枪干起来的时候，你应该堂堂正正站出来，助我一臂之力。那样，才配是一校的教务主任，才不会忤了你穿红衬衫的意愿啊！

我对教务主任说："我没有告诉任何人，不过我这就同豪猪谈判。"红衬衫大为狼狈，他说："你怎么能这样乱来？关于堀田君，我没有对你明明白白讲过他什么。你要是一味地胡闹，我是吃不消的。想来你来这里不是专门为了闹事的吧？"这家伙竟然提出了这样毫无常识的问题来。我说："当然啰，领了薪水再闹乱子，学校也要受累啊。”红衬衫又说：“那么昨天的事只供你参考，请不要对外人讲。”他一边流汗，一边让我关照些。

“行，我虽然有些不甘心，不过既然你这样为难也就算啦。”我同意他的请求。

“说话可要算数啊。”红衬衫又叮嘱了一句。

这家伙的一副女人腔，看来修行真不浅哩。如果文学士都成这副样子，那太糟糕了。居然能提出这些牛头不对马嘴、缺乏逻辑的要求而泰然处之。并且对我还抱有怀疑。别那么看不起人，男子汉大丈夫，已经答应过的事，我还能一推了事，翻脸不认账吗？我可不是那种小人。

这时，两旁邻桌的人都来了，红衬衫连忙回到自己的座位上。红衬衫走起路来也是装模作样的，他走在房里时双脚轻起轻放，没有一点声响。既然不学做小偷，走路还是自然些为好。过一会儿，上课铃响了，豪猪一直没有来。我只好把一分五厘钱放在桌子上，然后到教室去了。

第一堂课下课时稍微迟了些，我回到休息室，看到教员们都坐在桌旁互相谈论着。豪猪不知什么时候已经来了。我以为他缺席了，谁知他不过来得晚些。

他一见到我就说：“今天都是为了你才迟到的，得罚你的款。”

我拿起桌上的一分五厘钱放到豪猪眼前：“这个还你，拿去！这是上回在通町喝的冰水钱。”

“你瞎说什么？”他笑了。看到我一本正经的样子，就说：“别开这种无聊的玩笑啦。”又把钱扔回我的桌子上。嗬，这个豪猪真想把这桩人情永远做到底哩。

“不是开玩笑，是真的。我不能无缘无故让你请客喝冰水，还你，你不能不要。”

“一分五厘钱也让你这么操心，我可以收下。不过，你怎么现在想起来还呢？”

“现在不还，将来也要还的，你请客我还不情愿呢，还你。”

豪猪冷冷地瞧着我的脸，哼了一声。假如不是红衬衫有言在先，我非当面揭露豪猪的卑劣行为，和他大吵一顿不可。因为已经答应人家不外传了，只好作罢。看到我这般气恼，他还哼哼唧唧的，真是岂有此理。

“冰水钱我收下啦，请你快搬出寓所。”

“这一分五厘你收下就好，搬不搬是我的自由。”

“你偏巧没有这个自由。昨天，那边的房东来找我，要你搬走。我问他为什么，他说得很有道理。为了问清情况，我今早又赶到那里，听他详细说了一遍。”

我不明白豪猪这番话是何用意。

“房东对你说什么来着，反正我不知道。你自已怎么能独断独行呢？要是有什么缘故，那也得说清楚了。一开头就咬定房东的话很有道理，哪有这种不懂礼仪的做法！”

“哎，实话对你说吧。你太粗野了，那家寓所吃不消。尽管人家是老板娘，可总不是用人，哪有伸出腿来让人家擦脚的？太过分啦！”

“我什么时候叫寓所的老板娘擦过脚？”

“叫没叫她擦脚我不知道。不过人家服侍不了你。他们说了，十元到十五元的房钱，只消卖一幅画轴就轻意到手啦。”

"这混蛋得了便宜倒卖起乖来了。那么，他为什么要出租?"

"他为什么出租我不清楚，租是租了，眼下不高兴，他说叫你搬走，你就得搬走。"

"当然要搬走，他就是磕头让我住，我也不住。本来，这家寓所是你介绍的，当初就不该到这种无事生非的地方来。这是你的不是。"

"是我的不是，还是你不老实? 反正有一方!"

豪猪的火暴性子不亚于我，他扯起嗓门大嚷起来。休息室的人们不知道出了什么事，大家撅起下巴呆呆地望着我和豪猪两个。我自以为没有干什么丢丑的事，兀自站立着，向室内环顾了一遍。人们都很惊奇，只有小丑意味深长地笑着，我瞪起大眼狠狠地盯着小丑那张干葫芦脸，意思说:"你想打架吗?"小丑突然收起笑容，一本正经起来。看来他有些害怕。这时，上课铃响了。豪猪和我不再吵下去了，双方都去上课。

下午开会，讨论关于前天夜里对我采取无礼行动的寄宿生的处分问题。我有生以来头一次参加开会，根本不知这是怎么一回事。想来无非是教员一齐会拢来，各自说上一通，最后由校长随便总结几句就算完事。所谓结论，是针对那些是非难辨的事情而言。至于这件事，谁都认为是学生不对，再开会讨论不是浪费时间吗? 不论是谁作出什么样的解释，不会有什么异议的。这种一清二白的事，本该由校长作出处分就得了，干吗这般优柔寡断。当个校长要是这样的话，那也没有什么，只不过是拖拖拉拉，举棋不定的代名词罢了。

会议室是校长室隔壁的一间狭长屋子，平时是会堂。长桌周围摆着二十张黑皮椅子，其格局有些像神田的西餐饭馆。校长坐在长桌的一头，他旁边是红衬衫。听说剩下的位子可以随便入座，惟有体操教员态度谦逊，一直忝列末位。我因为不了解情况，便在博物教员和汉学教员中间坐下了。向对面一望，豪猪和小丑并排而坐。小丑的那张脸儿，不管怎么看都觉得低贱无比。即便吵架，还是拿豪猪作对头有趣得多。记得父亲下葬时，在小日向的养源寺看到的那幅画就同这张脸儿一模一样。当时我问了和尚他说那怪物叫韦驮天神[①]。豪猪今天因为生气，眼珠子时时打转，不住地瞧我。你这样虎视眈眈地威胁我，难道我就怕你不成？我也毫不示弱，瞪起双眼，斜视着豪猪。我的眼睛虽说长得也不好，但睁大开来并不比别人的小。阿清时常说：“你的眼睛大，当演员肯定合适。”

校长问：“人都到齐了吧？”川村秘书点了点人数，还差一人。我想还少谁呢？哦，是少一个，吃多了南瓜的老秧君还未到呢。我和老秧君似乎前世有些缘分，只见一面就再也没有忘记。一来到休息室，就马上看到老秧君。在路上走着，心中也不时浮现老秧先生的模样。我到温泉去，也经常看到面色苍白的老秧君，胖乎乎地泡在浴池里。每逢同他打招呼，他就“哎”的一声恭敬地低下头来，倒使我有些难为情。在学校里，再没有比老秧君更老实的人了。他很少有笑容，也不大爱言语。我在书上见过“君子”这个词儿，心想，只是字典上才有，活着的人中是不存在的。认识老秧君之后，才明白这个词儿的确实有所指，心里很是钦佩。

我同老秧君的关系如此深厚，所以一进会议室就发现他不在。说实话，我正暗自寻觅打算坐在他的身旁呢。

① 佛法守护神，披甲胄，执宝棒，相貌刚毅，威武，能日行千里。

“不久就会来的吧。”校长解开面前的紫纱包袱，取出一本胶印的文件读着。红衬衫用手绢揩摩他的琥珀烟斗，这是他的癖好，就像他爱穿红衬衫一样。其余的都在和旁边的人窃窃私语，闲得无聊的人就用铅笔一端的橡皮在桌子上来回划着什么。小丑老是和豪猪搭讪几句，豪猪待理不理，只是哼哼哈哈地随便应和，不时用凶狠的目光朝我这边瞧瞧。我也不甘示弱地回敬他几眼。

正等得焦急，老秧君怪不好意思地进来了。他殷勤地向狐狸打着招呼，说有点要紧事要办，所以迟到了。

“好吧，开会了。”狐狸先叫秘书川村君把胶版印的文件分发给大家。我一看，第一条是关于处分问题，其次是学生管理问题，此外还有两三项。狐狸还是那般装腔作势，俨然以“教育的灵魂”的口吻，讲了下面一些话：

“学校教员和学生之所以犯了过失，皆由于本人缺少恩德所致。每当发生什么事情，我常常暗自惭愧不已，心想我这个校长果真称职吗？不幸的是，这一次又发生这样的乱子，我必须深深向诸位请罪。但事情一旦发生，就不得不进行处理。事情的经过大家已经知晓，现请诸位将善后的对策开诚布公地谈一谈，以供我参考。”

听了校长的话，我心中十分佩服，心想真不愧是校长，是狐狸，讲得如此冠冕堂皇。既然校长勇于承担责任，一切都归咎于自己的不德不才，那就不必处分学生，自己先主动免职好了。要是这样，也没有必要召集这种麻烦的会议。首先，从常识上说不言而喻，我在老老实实值班，是学生首先闹起来的。这事既不怪校长，也不怪我，只怪学生。如果豪猪在背后煽动，那只要处分学生和豪猪就行了。别人干了坏事，自己为他担不是，而且到处宣扬：“是我的错，是我的错。”天下哪有这样的人。这一手只有狐狸才干得出来。他发表一通文不对题的议论之后，颇为得意地朝大家环视了一圈儿。没有一个人开口。博物教员正注视着停在第一教室屋脊上的乌鸦。汉学先生将那份胶印的文件叠上又翻开。豪猪仍旧瞪着我的面孔。早知召开这种无聊的会，不如缺席睡午觉更好。

我有些耐不下去，想头一个站起来辩解一番。刚抬起半边屁股，红衬衫发言了，我只得作罢。此时他已经收起烟斗，一面用条纹手帕揩脸，一面说着什么。那手帕一定是从玛童娜那里抢来的。男人通常用的都是同色的麻布手帕。

“听到寄宿生闹事的消息，我作为教务主任，感到很不称职，并深为自己平素的德行不能感化少年而悔恨。不过事出有因，肯定有什么缺陷才引起的。就这件事本身而言，等弄清事实真相之后，其责任或许在学校方面。因此，如果仅仅抓住表面现象惩办学生，反而于将来不利。况且少年们血气方刚，朝气蓬勃，一时分不清善恶，或许是半无意识地干了坏事，也未可知。当然，如何处理，全由校长作主，我等无置喙之余地。只是希望对此事细加斟酌，尽量采取宽大措施。”

狐狸有狐狸的一套，红衬衫也有红衬衫的一套。他竟然公开宣称，学生闹事不应该怪罪学生，而应该怪罪教师。好比一个疯子打破了人家的头，他可以说，都是因为被打的人不好，疯子才打他的。多么难得的值得庆幸的理论！若是朝气蓬勃无法控制，他们尽可以到操场上去摔跤。他们“半无意识”地把蚂蚱塞进被子，那还叫人受得了？照这样，即使睡梦中被砍了脑袋，也只能算是“半无意识”而加以豁免吗？

想到这里我打算说几句。要讲就得滔滔不绝，快语惊人。我有个习惯，生气时讲话，三言两语必然打住。狐狸和红衬衫，论人格均比我低下，但都能说善辩，倘若我说得不好，被他们挑毛病就没意思了。我想先打个腹稿，就在肚子里做起文章来。这时，坐在对面的小丑突然站起来，使我吃了一惊。小丑这种人，也来凑热闹，真是狂妄至极。小丑用他那拖泥带水的语调讲开了。

"此次'蚂蚱事件'以及'呐喊事件'实属两件珍闻，它足以使吾等有头脑的教员对我校之前途窃自抱有危惧之念。吾等教员须就此奋起而自省，以整饬全校风纪。刚才校长和教务主任的一番话语，实乃中肯剀切，所论极是，我彻头彻尾深表赞成，务请给予宽大的处理。"

小丑的话讲得有声有色，但没有意思。他罗列了一连串汉语词汇，不知说些什么。只有"彻头彻尾深表赞成"这句我听懂了。

我虽然不明白小丑说的意思，不过心中十分气愤，没等打好腹稿就霍然站了起来。

"我彻头彻尾表示反对……"话说到此处，一下子出不来了。"……这种毫无道理的处理办法我非常讨厌。"于是，教员们一同哄笑起来。"过错全在学生，不管怎么说，不叫学生赔礼，就会成为恶习，勒令他们退学也未尝不可。他们太无礼，欺负新来的教师……"说罢，我坐下了。

这时，坐在我右边的博物教师怯弱地说："学生坏是坏，不过，不能处罚得太重了，否则会引起反作用。我赞成教务主任的意见，以宽大为好。"

左边的汉学先生赞成稳妥之说，历史教员也赞成教务主任的考虑。真可恶！大都是红衬衫一派，这帮人汇拢来办学校，还有什么好说。我决心已定，要么叫学生赔罪，要么是我辞职，二者必择其一。如果红衬衫的意见取胜，我立即回寓所卷铺盖。反正我无法运用辩才使这帮家伙屈服。纵使这次使他们屈服，今后要同他们永远交往下去，我还是不情愿。假如我不呆在学校，不管他们怎么搞都没关系。我假如说下去，他们肯定还要取笑的，谁还愿意开口呢。于是，我板着脸坐在那儿。

这时，一直沉默着听别人发言的豪猪奋然站起身来。我心里想，这家伙又是赞成红衬衫的，反正咱俩干了一场，随你的便吧。豪猪洪亮的声音连玻璃窗都震动了。

“我完全不同意教务主任以及其他诸位先生的发言。理由是，不论从哪一方面看，都是五十名寄宿生轻侮新来的某教师而无事生非所致。教务主任将这件事的起因归结于教师的人品如何而加以论断，很抱歉，我认为这是失言。某先生值班是到任后不久的事，同学生接触尚不满二十天，在这短暂的二十天之内，学生无法对这位先生的人品作出评价。倘若他有应该受到轻侮的地方而受到了轻侮，那倒情有可原。但我认为这是在毫无理由的情况下，对一个新来教师的愚弄。对这般轻薄的学生加以宽免，就会降低学校的威信。教育的精神不仅在于传授学问，同时还要鼓吹高尚、正直的武士般的精神，扫荡粗野、轻浮、狂躁的恶劣风习。假如害怕引起反作用，害怕事态闹大而姑息养奸，那么，这种恶习何时才能得以矫正呢？我们来校供职正是为了杜绝这样的恶习，要是对此放任不管，那又何必来做教师？鉴于以上理由，我认为，对全体寄宿生严加处罚，并责成他们向当事教师公开谢罪，这才是最适当的处理办法。”

他说罢，腾地一屁股坐下了。人们沉默着，一言不发，红衬衫又开始揩拭他的烟斗了。我感到说不出的畅快，似乎我想说的话全由豪猪替我说完了。我就是这样一个单纯的人，我完全忘记了刚才的吵架，以十分感谢的神情朝坐下来的豪猪望望。豪猪全然是一副若无其事的样子。

不一会儿，豪猪又站起来："刚才有件事忘记说了，现补充如下：听说那晚值班的教员中途外出到温泉去了一趟。我以为这是很不应该的。既然承担了全校的值班任务，就不能认为反正没人监视而随便到温泉去洗澡，这太不成体统了。学生闹事是另外的问题，关于这一点希望校长提醒当事者注意。"

这小子奇了，刚才还为我讲话，接着就揭了人家的短。我本来没介意，看到从前的值班人员也外出过，以为这已成了惯例，便到温泉去了。经他这一提醒，不错，这是我的不好，受到批评也是应当的。

于是，我站起来说："我在值班时候去洗温泉澡，这确实是我的错，我检讨。"说完便坐下了。

大家又一阵哄笑。只要我一开口，他们就取笑，一群无礼的家伙！你们这帮人有没有勇气公开承认自己干了坏事呢？你们不敢，所以才笑话别人的吧。

校长接着说："看来大家没有别的什么意见了，仔细考虑之后再给予处分。"

顺便说一说，事情的结果是这样的：后来寄宿生被罚禁止外出一周，并到我面前来赔罪。因为我坚持学生不赔罪就辞职，所以只好勉强照我的意见办理，结果闹出更大的事情来。此是后话。

当时校长还宣称，有一件事必须在会上谈一谈，他说："学生的风气，应由教师感化加以矫正。首先要做的是，希望教师尽量不到饮食店去，当然，举行告别宴时可以例外。希望不要只身一人到那种有失检点的地方去，比如面条馆、团子店等。"

校长说到这里，大家又笑起来。小丑对着豪猪挤眉弄眼，说了声："炸虾面。"豪猪没有搭理，活该！

我的脑子不灵光，听不懂狐狸的话是什么意思。心想，当了中学教员就不能进面条馆或团子店，那么像我这样嘴馋的人终究是干不成了。要是这样，那倒也干脆，当初就该声明，要雇用不喜欢吃面条和团子的人。事先不说明，就下了委任书，到时候又发出不准吃面条、不准吃团子这种该死的禁令，对我这个再没有其他嗜好的人是个很大的打击。

接着，红衬衫开口了："中学教师属于上流社会，不可单纯追求物质上的享受，一旦沉湎其中，就会给品行带来不良影响。但是我们是人，不可没有娱乐，否则来到乡下这块狭小的土地上何以生存下去。因此，我们应该追求高尚的精神娱乐，应该去钓鱼，读文学书，或者创作新体诗和俳句[①]什么的……"

静心听他一说，他便信口大吹大擂起来。到海上钓钓肥料，奢谈什么古儿基是俄国的文豪，叫自己相好的艺妓站在松树下，以及什么"青蛙跳古池"之类，既然这些也算精神娱乐，那么吃吃炸虾面，品品团子当然也是精神娱乐了。你小子与其在这里兜售这种无聊的娱乐，不如洗洗红衬衫什么的更好。

我十分生气地问道："会会玛童娜，也是一种精神娱乐吗？"

这回谁也没有发笑，大家面面相觑。红衬衫怪难为情地低下了头。瞧，给你点厉害尝尝。值得同情的倒是老秧君，我说了这话之后，他那苍白的脸色越发苍白了。

---

① 日本最短的诗体，由五、七、五共十七个音节字母组成。下文的"青蛙跳古池"一句便出自江户前期著名诗人松尾芭蕉（1644—1694）的一首俳句。

七

当晚我就把寓所退掉了。当我回到住处整理行装的时候，女房东走过来说："莫非有什么不愉快的事吗？要是有惹你生气的地方，请直说吧，我们改过好了。"这真叫人惊讶，世界上为什么尽是这帮莫名其妙的家伙呢？真不知道是要赶我走，还是叫我留下。简直是疯子！跟这号人吵嘴有损江户哥儿的名誉，我叫来车夫急忙走了。

搬是搬出来了，到哪里去呢？却没有目的。车夫问我上哪儿，我说："甭管，跟我来就是了，一会儿便知。"我大步流星地走着，心想，真麻烦，不如再回山城屋去吧。不过终究是要搬的，还不是一样费事。就这样边走边寻，说不定会看到写有什么公寓的招牌呢。要是这样，那简直是天意使然，有意叫我寓居了。车子在僻静的、宜于住居的地方转悠了一会儿，最后来到铁匠街。这里是士族人家[①]的公馆，不像有公寓的样子，心想还是折回比较热闹的地方去吧。忽然，心中有了主意。我所敬爱的老秧君就住在这街上。老秧君是本地人，又有世代传下来的房产，对这里的情况一定谙熟，找到他问一声，也许会帮我物色一家好些的寓所。幸好从前拜访过一次，知道地点，用不着到处打听。"想是这里吧。"我看准了一个大概的目标，连连喊着："请问，请问！"这时，打里面走出来一位五十光景的老妇人，手里端着纸烛[②]。对于年轻女子我也不是不喜欢，但是见到老年妇女，心里感到格外亲切。也许因为喜欢阿清吧，所以见到所有的老婆婆就暗自比作阿清了。这位妇女大概就是老秧君的母亲吧，她剪短了头发[③]，显得很有品格，样子很像老秧君。她叫我进去，我说："我只是想见见面。"便请老秧君来到门口。我对他如此这般地说了一遍，便问："你能替我想想办法吗？"老秧先生说："看来，你有些为难了吧？"他思索了片刻，说道："这后街上有一个姓萩野的，只有老夫妇两人，他以前曾托过我，说房子空着也是白费，要我荐一个靠得住的人租出去。不知他现在肯不肯，我们一道去问问吧。"便热心地带我去了。

打那天晚上起，我就成为萩野家的房客了。使我惊奇的是，我把伊贺银的房子退掉以后，小丑第二天就搬了进去，他不露声色地占据了我曾经住过的房子。这种事儿连我这个人也服了，世界上净是些骗子，彼此都在尔虞我诈吧。真令人生厌。

世界要是这个样子，我也不甘示弱。我必须效法一般的世人，否则就无法生存。如果说不做拦路抢劫的恶人就混不饱饭吃，那么有没有必要活着倒是很值得考虑。话又说回来，一个活蹦乱跳的壮汉要去投缳自尽，既对不起祖宗，名声也不好听。这样想来，当初与其进物理学校，不如把六百元钱当资本开一间牛奶店更好些。那样，阿清也可以不离开我，我也不用老远地挂念她，两人可以无忧

---

① 指明治维新后的旧武士阶级，位在华族之下，平民之上。
② 江户时代使用的方形手灯。
③ 旧时守寡的妇女将头发剪短。

无虑地生活在一起。以前和她住在一道儿倒不觉得什么，来到这乡下才知道阿清是个好人。像阿清这等心地和善的女人，走遍全日本也难得见上几个。我动身时老婆婆有些伤风感冒，现在不知如何了。接到我上回的信，她一定很高兴。不过，眼下该能接到她的回信了。——这两三天来，我光想着这类事。

我不放心，时常问房东婆婆，东京有没有来信。每次她都面带同情地告诉我没有。这对夫妇和伊贺银不同，不愧是士族出身，两口儿品行很高尚。老爷子一到晚上就怪声怪气地唱谣曲[①]，简直叫人受不了。不过，他不像伊贺银那样拼命跑过来喝茶，所以快活多了。老婆婆倒是常来我屋里闲聊，问我为何不领夫人一起来。我对她说："你看我像个有夫人的吗？你可知道，我才二十四岁呢。""你二十四岁娶夫人也是理所当然的。"她先说了这么一句，接着便唠叨开了，说某某年方二十就娶了媳妇；某某二十四岁已经生了两个孩子等等，举了一大堆例子试图反驳我，弄得我无言以对。

"好吧，我也二十四岁结婚，请你做大媒吧。"

"此话当真？"老婆婆一本正经起来。

"当真，当真，我想娶媳妇，想得入迷哩。"

"没错吧，年轻人都尝过这滋味。"这句话说到了要害处，我不知如何回答。

"不过，先生你一定有了夫人啦，这我看得出。"

"嗬，好眼力！你怎么看得出呢？"

"你问我从何看得出，你不是成天打听：东京有信来吗？东京有

---

① 日本古典戏剧"能乐"的唱词。

信来吗？你每天不都焦急地盼信吗？”

“好厉害呀，你真有眼力！”

“啾，我猜中了吧。”

“可不，也许猜着了。”

“不过，如今的女子不比从前，大意不得，你可要留意啊。”

“你说什么？难道我的夫人在东京会有情人吗？”

“不，你夫人准是个正经人，可是……”

“这么说我可以放心啦，那么还须留意什么呢？”

“你的夫人是靠得住的，她肯定是正经的人，然而……”

“哪里会有这种靠不住的人呢？”

“这地方就有的是，先生，你知道远山家的小姐吗？”

“不，我不知道。”

“你还不知道啊，那可是这一带的绝顶佳人哩。只因为生得太俊，学校的先生都叫她玛童娜、玛童娜的，你没听说过吗？”

“噢，是玛童娜吗？我还以为是艺妓的名字呢？”

“不是，先生，‘玛童娜’是外国话，就是美人的意思呵。”

“也许是的，太奇怪啦。”

“大概是那位图画先生给起的名儿。”

“是小丑给起的？”

“不，是那位吉川先生给起的。”

“那个玛童娜很不正经吗？”

“那个玛童娜小姐可真算个靠不住的玛童娜小姐啊！”

“真糟糕，大凡有外号的女人，自古以来就没有好东西。这也许是真的。”

“一点没错儿。什么‘鬼神阿松’[1]啦，‘妲妃阿百’[2]啦，都是些可恶的女人啊。”

“玛童娜也属这一类人吗?”

“这个玛童娜小姐呵，先生，你听我说，就是那位荐你来这儿的古贺先生——他所聘定了的未婚妻呵……”

“唔? 真是怪事，没想到那位老秧君倒有此艳福。人不可貌相，以后真要留意些哩。”

“去年他的父亲去世了——从前他家有的是钱，银行里还有股份，万事都很如意——但从此以后，不知怎的，日子越来越不妙啦——古贺先生是个老好人，他受人家的骗啦。婚期一天一天地拖延下去，这回教务主任出面了，他说非要娶这家小姐不可。”

“就是那个红衬衫吗，可恶的家伙！我就感到他那件红衬衫不是寻常的衬衫。后来呢?”

“他托人去说亲，远山先生家因为把小姐早许了古贺先生，所以没能马上回话。只说等考虑以后再定，于是，红衬衫先生找到了门径，在远山家里出出进进，终于把小姐给弄到手啦。红衬衫先生有红衬衫先生的打算，小姐也自有小姐的考虑，大家都说他们不好。已经答应许给古贺先生，眼下看到学士先生来了，就想换换主儿，您瞧，这哪里对得起天老爷呀?”

“真是对不起呀，岂止天老爷，连地老爷、人老爷都对不起呀。”

“古贺先生的朋友堀田先生看他太可怜，就到教务主任那里说情。红衬衫先生说了，我没打算强娶已经许婚的女子，如果她解了

---

① 日本古典舞台艺术歌舞伎《新版越白波》(三世樱田治助作，1851年初演）中的女鬼。
② 歌舞伎《善恶两面儿手柏》(三世河竹新七作，1876年初演）中的女鬼。

婚约也许要娶的。目前我只是同远山家有来往，同远山家交朋友总不会有什么对不起古贺先生的地方。他这么一说，堀田先生也没了主意，只好回来了。人们都说，打那以后红衬衫先生和堀田先生的关系就不好了。”

“你知道的事真多，怎么知道得这么详细呢？真佩服。”

“地方小，什么事能瞒过人呢？”

她了解得太多，反叫人有些担心。照这么看，她也许听说过我的“炸虾面”和“团子”的事了。真糟糕。不过，多亏了她，我知道了玛童娜是什么意思，也大体弄明白了豪猪和红衬衫的关系，实在得益不少。遗憾的是搞不清楚他俩究竟谁是坏人。像我这样单纯的人，若不给明确指出谁黑谁白，我就不知道同谁站在一边。

“红衬衫和豪猪，他们谁是好人呢？”

“什么豪猪？”

“豪猪就是堀田先生。”

“论强梁堀田先生强梁些，可红衬衫先生是学士，很会耍手腕。还有，论温和，红衬衫先生待人温和，但听说学生们都说堀田先生好。”

“那么到底谁是好人呢？”

“总之月薪高的人来头就大呀。”

看来，再问她也问不出什么结果，我只好就此打住。

两三天后我从学校回来，就看到老婆婆笑嘻嘻地迎过来说：“嗳，您盼望的，到底来啦。”她亮出一封信来，“慢慢地看吧。”说罢就出去了。

我拿起一看，是阿清寄来的。信封上粘着几张小字条，仔细一查看，是从山城屋转到伊贺银，又从伊贺银转到萩野来的。而且在山城屋逗留了一个多星期。到底是旅馆，连信都留住了几天，拆开来是一封很长的信：

“接到哥儿的来信，本来想马上回信的，不巧患了感冒，躺了一个星期，所以耽搁下来，真对不起。我比不上如今的小姐们那般能识会写，字也不像样子，尽管如此，倒也费了不少气力。原想叫外甥代笔的，但又想，要不是亲自提笔，总觉得对不起哥儿，所以预先打了草稿，然后又誊了一遍。誊清花了两天工夫，打草稿花了四天，也许您很难看清，但我已是拼了命写的了，请您把它看完吧……”

她在开头这样写着。接下去有四尺多长，陈谷子烂芝麻一大堆。字不光难认，而且使用很多草写字母，不知道哪里开头，哪里断句，要读懂每一句话十分费力。我是个性急的人，要是平常有人拿了这样又长又难认的信来，花上五元钱请我念给他听，我也不干。可此时我却从头到尾仔仔细细读了一遍。读是读了，不过注意力全费在认字上了，意思都不甚明白，只好从头又读了一遍。屋内渐暗了，比刚才更难辨认，我又来到廊下坐着，郑重其事地拜读了。这时，初秋的风摇动着芭蕉叶子，砭人肌肤，一阵风来，把读了一半的信笺吹向院子，飘扬在空中。后来，这四尺多长的一卷信纸哗啦哗啦地响着，似乎只要一撒手，就会飞过对面的墙去。这些我也顾不得了。

“哥儿性情爽直，只是脾气太暴躁，叫我放心不下。随便给人起绰号，是会遭人忌恨的，所以不能再乱起了。要是已经起了，只可在信中告诉我。听说乡下人很坏，你要当心，免得遭人欺侮。那里的气候也一定不如东京，睡觉时不要受凉，防止伤风。哥儿的信很短，那边的情况写得不大详细，下回再来信至少要有这封信一半长。旅馆里给了五元小费倒可以，但此后会不会有困难呢？到了乡下，诸处要用钱，尽量节俭着花，要留有余地，以防不时之需。我怕你没有钱花受难为，现汇给你十元钱。上次哥儿拿来的五十元，我想等哥儿回东京成家时作贴补，早替你存在邮局里了。现支出十元，还剩四十元，不妨事。”——到底还是女人心细。

我坐在廊子上，让阿清的信随风飘扬着，陷入了沉思。这时，萩野老婆婆拉开紧闭的隔扇，端着晚饭进来了。

“你还在看呀，这么长的一封信！”

“哎，这信很重要，让风飘着看，飘着看。”

我说完，自己也觉得这话有些莫名其妙，就开始吃饭了。一看，今晚又是煮芋薯，这一家比伊贺银客气，亲切，懂礼貌，可惜吃的东西太差。昨天是芋薯，前天也是芋薯，今天又是芋薯。不错，我曾经明白说过我喜欢吃芋薯，不过这样连续不断地吃，真要命。我还笑话老秧君呢，不久以后连自己也要变成芋薯老秧了。这时候要是阿清，准给我做我最爱吃的金枪鱼生鱼片或熘鱼糕。来到贫寒士族的小气人家，真是一筹莫展。想来想去，非和阿清住在一道不可。倘若在这个学校长期呆下去，就把阿清从东京叫来。吃炸虾面不成，吃团子也不成，呆在寓所里净吃芋薯，到头来非弄得面黄肌瘦不可。做一名教师也真太辛苦了。即使禅宗和尚的口福也不像这般单调。我吃完一盘芋薯，从抽屉取出两个生鸡蛋来，在碗边敲碎喝了，才好容易顶了过去。不用生鸡蛋加强点营养，每周还能上好二十一节课吗？

由于看阿清的信，今天到温泉去晚了。每天都要跑上一趟，中间短缺一天，心里总有点不是滋味。心想，还是坐火车去吧，于是便照例拎着那条红毛巾来到车站。这时火车刚开走两三分钟，不得不等上一会儿。我坐在长椅上，抽着“敷岛”牌香烟。突然，老秧君走来了，刚才听了那一番话，我对他更加同情了。平时，他像天地之间寄人篱下的游子一般，处处谨小慎微，看上去已经够可怜的了。今晚，在我看来岂止可怜呢？如果可能的话，我真想给他加倍的薪水，让他明晚就同远山小姐结婚，再到东京去度蜜月。想到这里，我连忙招呼他，给他让座。

“去洗温泉澡吗？坐到这里来吧。”

老秧君显出惶恐不安的样子。

“不，请不必劳神。”不知他是客气还是什么，说罢仍旧站在那儿。

“火车还要再等一些时候，站着太累，还是请坐吧。”我又劝他。

我甚是同情他，总想叫他坐在我的身旁才安心。

“那就打搅你啦。”他这才听了我的劝，坐下来了。

在这个世界上，有像小丑一般狂妄自大的家伙，在用不到他的地方，也非要露露面不可。有像豪猪那样的人，两个肩膀扛着一副救世主的面孔，似乎日本少了他就要遭殃。也有像红衬衫那样的人，以涂发蜡和偷女人为自己的嗜好。还有狐狸，装出一副“假若教育是个活人，它穿上大礼服也就成了我”的样子。这些人都各自摆出一副趾高气扬的架子，独有这位老秧君，似有若无，宛如一只被人当作人质的木偶，规规矩矩地活着。这样的人我从未见到过。他面部虽然有些浮肿，但是丢弃这样诚实可靠的男子而倾心于红衬衫，足见得这个玛童娜也是个不识好歹的水性杨花的女子。任凭他红衬衫有几打，也抵不上这样一位正派的男子。

“你有什么地方不舒服吗？好像很疲倦的样子……”

“不，我没有什么毛病……”

“那就好，身体不好人也就不行了啊。”

“你看起来很健康哩。”

“嗯，瘦虽瘦，但不闹病，我最讨厌生病啦。”

老秧君听了我的话，凄凉地笑了笑。

这时，门口传来青年女子爽朗的笑声。我不由回过头去，嗬，真气派！一位肌肤白净、梳妆时髦、身材颀长的美人儿，和一位四五十岁光景的妇人，并肩站在卖票窗口的前面。我这个人向来不会形容美人儿，所以不知从何说起，但这确是一位标致的美人儿，看着她，仿佛掌心里握着一颗香喷喷、暖烘烘的水晶球儿。那个老年妇女，个子矮小，但两个人面貌相像，看来是母女。在我惊讶地发现这两个女人的时候，把老秧君完全忘在一边，只顾瞧那年轻女子了。老秧君霍地从我身旁站起来，缓步走向那个女子。我有些诧异，莫非她就是玛童娜吗？三个人在卖票窗口轻轻打了招呼，因为离得远，听不清他们说些什么。

望望车站的挂钟，再有五分钟就要开车了。我巴望火车快点来，没有人说说话儿，实在难受。这时，又有一个人风风火火地跑进车站，是红衬衫。他穿着一件轻飘飘的和服，腰里勒着绉绸带子，仍然挂着那条金锁链。那金锁链是假的，红衬衫以为没有人知道，戴着这种东西到处炫耀，我早就识破了。红衬衫一跑进来，就贼眉鼠眼地东张西望，他来到卖票窗口前，也同正在谈话的三个人殷勤地行了礼，嘀咕了几句什么，然后急忙转向我这边，像猫一般蹑手蹑脚走到我跟前。

“哦，你也去洗澡吗？我生怕赶不上火车，才匆匆忙忙跑来的，一看还有三四分钟，那只挂钟准吗?”

他掏出自己的金表:“相差两分钟。”边说边坐到我身边。

他把下巴颏撑在手杖上，并不向那女人瞧一眼，一直望着前方。那位老年妇人不时瞧瞧红衬衫，年轻女子把脸转向一边。这越来越像玛童娜了。

不一会儿，汽笛响了，火车进站。候车的人们蜂拥着，比我抢先一步上了车。红衬衫一马当先飞身上了头等车厢。坐头等车厢也没有什么了不起。头等的到住田才五分钱，普通车厢三分钱。上下只有两分钱的差别。即使敝人也能狠狠心阔他一下。只要看咱手里攥着白色的车票就明白了。[①]不过，乡下人小气，这两分钱也看得很重，多半都乘普通的。随着红衬衫上头等车厢的是玛童娜和她的母亲。老秧君呢，就像对号入座的印刷铅字一样，一向乘普通的。这位先生站在普通车厢门口犹豫了一下，看到我便果断地跳上了车。此时，我对他倍感同情，跟在老秧君的后边，也迅速登上了普通车厢。凭头等车厢的车票乘普通车厢，总是可以的吧。

到达温泉，我穿着浴衣从三楼下来，到了浴室又碰到老秧君。我这个人逢到开会等场合，一旦要发言便觉得嗓子眼儿像被什么堵住似的，说不出话来，平常倒很爱多嘴多舌。于是，我和老秧君在浴室里海阔天空地谈开了。不知怎么，一见到他，我就觉得他甚为可怜，我想在这种时候，哪怕一句话也能给他一点安慰。这是江户哥儿的义务，不料老秧君却不能很好同我如此攀谈下去。不管我说什么，他总是一个劲儿“嗯”或“不”地应和。而且就这么两个字，

① 当时头等车票为白色，普通车票为红色。

似乎很不情愿。最后，我只好就此收场，不再奉陪了。

入浴时，我没有见到红衬衫。浴室有好多处，即使同乘一列火车来，也不一定都能在同一浴室里见面，这倒没有什么奇怪。洗罢澡出来一看，月亮甚好。街道两旁种着柳树，柳枝浑圆的影子投映在马路中央。我想，稍微散散心吧。我向北走去，出了街口，左右都是妓楼。寺院内设妓院，真是亘古以来未听到过的奇闻。很想进去看看，又怕狐狸在开会时提出批评，便打消这个念头，从大门口走过去了。又有一家带有小格子窗的平房，门上挂着黑色的短幔，这就是我吃了团子受到攻击的地方。门口挂的圆形的灯笼上写着"汁粉"、"年糕"等字样。灯火映照着檐下不远处的一棵柳树。心里真想吃上一顿，但还是强忍着走过去了。

想吃的团子吃不到嘴，固然难受，但是自己的未婚妻倾心于别人，这更加难以忍受。我一想起老秧君，不要说团子，就是断上二天炊也不会叫苦的。说真的，没有比人再靠不住的了。看到那副面容，怎么也不会想到她会干出那种薄情的事来。——那样的美人儿是薄情的，像冬瓜一般浮肿的古贺先生却是个善良的君子。这世道真叫人大意不得。原以为心性恬淡的豪猪，人说他煽动学生闹事。他既然煽动了学生，又逼校长对学生严加处罚。一看就叫人发腻的红衬衫待人是那样亲切，以为他暗中关照我，谁知却又去诓骗玛童娜。说他诓骗吧，他又说只要古贺那边不吹掉，他就不指望同她结婚。伊贺银制造事端把我赶了出来，小丑倒就势搬了进去。思前想后，人到底是不可靠的。要是把这些写给阿清，她一定很惊讶。她也许会说，过了箱根就是妖魔鬼怪的地盘呀。

我生来对一切事情都不在乎，无忧无虑地活到今天。可是到达这里还不知过没过一个月，忽然对世道感到不安起来。虽然未遭受大的劫难，却仿佛平添了五六年的岁数。我想，还是早点了结回东京去最好。我心中思考着一桩桩事情，不知不觉已走过石桥来到野芹川河堤上。提起河总以为它很宽大，实际一看，是一条不足六尺宽的涓涓小溪。我沿着河堤向下游走了二里多路，来到相生村，这村里供着观音菩萨。

回头向温泉街望去，月光下红灯闪烁，那响着鼓声的定是妓院了。河水很浅，但流得很急，水也像有些神经质，发出奇异的光亮。我在土堤上信步前行，约莫又走了半里光景，对面出现了人影。透过月光，我看到人影有两个。大概是从温泉返回村里的青年人吧。但听不见歌声，显得十分寂静。

走着走着，我发现自己的脚步比他们来得快，那两个人影渐渐增大。一个像女人。等到只相隔两三丈远时，听到我的脚步声，那男的蓦地一回头。月光从后面照过来，这时我看到那男的模样，心中甚是奇怪。那一男一女又像原来一样迈动着脚步。我暗自生疑，最大限度地加快脚步追了过去。对方毫无觉察，仍然像当初那样缓缓踱着步子。现在，连说话也听得清楚了。河堤宽六尺许，三个人并排着走是很勉强的。我毫不费力地追上了他们，从男的衣袖旁擦过去，向前跨出两步，猛然回转脚跟，瞅了瞅那男人的脸。月光打正面射过来，把我从平头到下巴颏照得清清亮亮的。“哎呀！”男的轻轻叫了一声，慌忙转过脸催促着女人：“咱们快回去吧。”说罢，两人转身向温泉街走去。

红衬衫是打算老着脸皮蒙混过关呢，还是胆小心虚怕张扬开去不光彩呢？因地方狭小而感到不便的人，看来不光我一个了。

八

赴红衬衫之约去钓鱼回来之后，我便对豪猪起了疑心。当他无根无据要我搬出寓所时，更觉得这家伙太可恶了。然而开会时，他又出人意料，滔滔不绝讲述为何要严惩学生的一番道理，真是个叫人摸不透的怪人。当我听到萩野老婆婆讲起豪猪为老秧君去找红衬衫谈判时，我曾经拍手称快。从这些事看来，坏人不像是豪猪，红衬衫倒有些鬼里鬼气。我曾泛起这样的疑惑，红衬衫是不是将随便的假想当作事实，转弯抹角灌进我的脑子里使我上当呢？正在这当儿，我在野芹川看到他领着玛童娜散步，打那以后，我就认定红衬衫是个恶棍。当然，他是不是恶棍，我还不十分清楚，但总不是好人，是个表里不一的家伙。一个人，要像竹子一般正直无邪，这样才靠得住。一个正直的人，哪怕和他争吵也感到舒心。我想，像红衬衫这样表面上看起来心地善良、待人亲切、品德高尚，又会卖弄琥珀烟斗的人，万万大意不得，不便轻易同他吵嘴。纵然吵起来，终将不能像回向院[1]的相扑那样来得痛快。这样看来，为了一分五厘钱和我僵持不下，闹得全体教师无人不晓的对手豪猪，倒像一个真正的男子汉。会上他圆睁着铜铃大的眼睛斜睨着我，当时我很厌恶他，过后想想，总比听红衬衫娇里娇气的猫叫声要好受得多。自从那次会议之后，我确实想同他言归于好，我试着主动搭讪了几句，可这家伙不理不睬，还是那样瞪着眼珠看着我。我也有些气恼，就不再理他了。

从那以后，豪猪不跟我讲话了。扔回桌子上的一分五厘钱依旧放在桌子上，积满了厚厚的灰尘。我当然不会去摸它，豪猪也决不肯拿回去。这一分五厘钱成了我们两个之间的一堵墙。我想说话也没有对象，豪猪一个劲儿不吭声。我和豪猪都被这一分五厘钱害苦了。后来，到学校一看见这一分五厘就感到难受。

豪猪同我绝交了；红衬衫仍然和我保持原来的关系，继续来往。在野芹川会面的第二天，一到学校，他头一个跑到我身旁，问："你这回的寓所好不好？""再一块儿去钓'俄国文学'吧。"……主动地和我攀谈起来。我有些讨厌这个家伙，就说："昨晚咱们见过两次面哩。"他说："嗯，在车站——你常是那个时候去吗？不嫌太晚了吗？"我揭穿他说："咱们在野芹川的河堤上不是碰面了吗？""不，我没有到那里去，我洗完澡很快就回来了。"还是不要隐瞒吧，我明明撞见你了，好撒谎的家伙。这种人也能当教务主任，那我还可以做大学校长哩。从此以后，我再也不相信红衬衫了。我和信不过的红衬衫可以交谈，但和我所钦佩的豪猪却不搭理，天下竟有这样的怪事！

一天，红衬衫跟我说："请到我家里来，有话跟你讲。"可惜我不能到温泉去了，四点钟左右就到他那里。红衬衫虽然只身一人，但由于做了教务主任，早就不住寓所了。他住在独门独户的房子里，门面

---

① 东京市本所区（即现在的墨田区）的净土宗寺院。明治年间这里是开展大相扑竞赛的场所。1920年，建立了国技馆。

很气派，听说房租九元五角。来到乡下，花九元五角能住进这样的房子，我也可以阔绰一下，把阿清从东京叫来，让她高兴高兴。我打了声招呼，红衬衫的弟弟出来接应。这位弟弟在学校里是我教他代数和算术，是班上的劣等生，又是外乡人，比土生土长的本地人更坏。

我见到红衬衫，问他有什么事，这小子照例用琥珀烟斗抽着难闻的烟叶，开了口：

“你来之后，比前任干得更有成绩，校长得到你这样一个好人才，甚感高兴。怎么样？学校这样信赖你，希望继续努力啊。”

“唔，是这样的吗？要说努力，我再没法比现在更努力了。”

“照现在这样就够了。上次我跟你说的那件事，请你不要忘记才是。”

“你是指给我介绍寓所的人很危险，是吗？”

“你这样直言不讳，太没意思啦！哎，好了，反正你领会精神就行啦。只要像眼下这般好好干，学校方面都看在眼里，一旦有可能，会多多少少改善你的待遇的。”

“唔，你是说薪水吗？薪水无所谓。要是能增加，当然增加一些也好。”

“幸好这次有人调任——当然，没有跟校长商量，还不敢一口肯定下来——或许可以从他的月薪里想想办法，我正要找校长谈谈，请他给个方便。”

“太感谢啦，是谁调任呢？”

“反正快要公开了，说出来也没关系，调任的是古贺啊。”

“古贺君，他不是本地人吗？”

“是本地人，不过另有考虑——一半是他本人的愿望。”

“调到什么地方？”

“日向的延冈——地方虽然不好，但月薪增加一级。”

“有人接替他吗？”

“接替的人大体定下来了，正是从这件人事更换上，可以考虑提高你的待遇问题。”

“哦，那很好，但不必勉强，不增加也没关系的。”

“总之我要向校长提出来的，校长也会同意的。将来有些事情也许要你多多协助，从现在起，你就做好思想准备吧。”

“从现在起要增加课程吗？”

“不不，课程说不定比现在更少些。”

“减少课程，又要我多多协助，我觉得奇怪。”

“乍一听是有些奇怪——我现在不便对你明说——好吧，意思是也许让你承担更重大的责任呢。”

我完全不懂。说要我承担比现在更重大的责任，是数学主任吗？主任已经有豪猪了，这家伙死也不会辞职的。再说，他在学生中威望很高，将他调任或免职，对学校都很不利。红衬衫的话永远不得要领。尽管不得要领，事情也就此谈完了。接着就随便闲聊了几句。他提到要为老秧君开送别会，问我会不会喝酒，又说老秧君是真君子，是可爱的人。红衬衫大谈了一通。最后，他转了个话题，问道：“你会作俳句吗？”这下子可要命了，我连忙说：“不会作俳句，再见。”便匆匆回来了。俳句这玩艺是芭蕉或剃头师傅干的。数学先生也写什么“牵牛缠吊桶……[①]”那受得了吗？

---

① 这是一首有名的俳句，全文的意思是：“牵牛缠吊桶，吸水至邻家。”作者为江户中期女俳人加代女。

回来后我便陷入了沉思。世上真有这样奇怪的人，自家有房子不必说了，供职的学校也没有什么不满足的地方，但偏偏要离乡背井，到人地生疏的他乡去受苦。假如那是个交通发达的繁荣城市倒也罢了，而是日向的延冈那块鬼地方。我来到这块水路还算方便的小镇，不到一个月就想回去了。而延冈呢，可以说是山区里的山坳，山坳里的山沟。听红衬衫说，下了船还要乘一天的马车到宫崎，然后再从宫崎坐车走一天才能抵达那里。一听到名字，就不像是个开化的地方，似乎那里一半住着人，一半住着猴子。无论老秧君是个多么圣明的君子，他总不会乐意同猴子为伍吧，真是怪人怪事。

正在这时候，老婆婆照例送晚饭来了。我问她："今天还吃芋薯吗？"她说："不，今天吃豆腐。"这也差不了多少。

"婆婆，听说古贺先生要去日向呢。"

"他真可怜。"

"可怜什么，他自己想去，真没办法。"

"想去？有谁想去那地方呢？"

"不是他自己想去吗？古贺先生真是中了邪啦。"

"唉，先生，你完全弄错啦。"

"我弄错啦？红衬衫刚才亲口对我讲的呀。我要是错了，那红衬衫不就成了吹牛大王了吗？"

"教务主任先生这样说有道理，古贺先生不愿意去也有道理。"

"照你说他们都有道理了，婆婆真公平，究竟是怎么回事呢？"

"今天早上古贺先生家老太太来了，讲起了这件事的缘由。"

"她都说些什么来着？"

"他家自从老爷子去世以后，生活方面就不像咱们想的那样宽裕了，而是越来越困苦。老太太向校长求情，说已经教了四年多的书了，能不能将月薪略略增加一些。”

“此话有道理啊。”

“校长说：‘好的，可以考虑。’老太太因此也就放心啦。只当有一天会听到增加薪水的好消息。一个月又一个月，伸长脖子盼呀盼的。校长终于把古贺叫去了。一到那里，校长就说：‘真对不起，学校经费不足，不能增加薪水，但延冈那里倒有个空下的位子，每月可以多拿五元。我想这很符合你的愿望，我已经给你办了手续，你可以去啦。’”

“这哪里是商量，这是命令呀！”

“可不嘛，古贺先生说，与其到别的地方去加薪，不如呆在原来的学校为好。这里有房产，母亲也在一起，请校长关照。可是校长却说，事情已经决定了，而且古贺先生的接替人也找好了，没办法再变了。”

“哼，真是欺人太甚！这么说，古贺先生确实不想去啰？怪不得事情有些蹊跷。多加了五元钱，就愿意到深山坳里同猴子打交道，哪有这等傻瓜！”

“傻瓜？先生这是什么意思？”

“不说了！这完全是红衬衫的阴谋诡计。这一手太不光明了。完全是欺骗！还说要给我加薪！”

“先生要加薪了吗？”

“他们说要给我加的，我打算拒绝。”

“为什么要拒绝呢？”

“不管怎么也要拒绝。婆婆，那红衬衫太混账，太卑鄙啦。”

“管他卑鄙不卑鄙，给你加薪，你就老老实实收下的好。年轻人好动气，上了岁数再想想，就会后悔，当初还是耐着性子为妙。因为怄气而吃亏，自然要后悔的。就听婆婆的话吧，红衬衫既然要给你加薪，你就拿着，谢谢他。”

“你这么大年纪不要多管闲事，我的薪水增加也罢，减少也罢，终归是我的薪水。”

老婆婆闷声不响地出去了。老爷爷又在怪声怪气地唱谣曲。

谣曲这东西本该一读就能懂，偏偏要配上难唱的曲调，故意让人听不明白。每天不厌其烦地唱这种玩艺，不知道这老爷子是怎样一番心情。我眼下哪有闲情逸致欣赏这谣曲呢。他们说要给我加薪，我虽然不想要，但多余的钱白白放在那里岂不可惜，所以才答应下来。然而，不愿调任的人硬是要他调任，再从他的月薪中扣下一部分，这种事情太不近人情了，我怎好应承呢？人家既然要保持现状，为什么非要强迫他调到延冈去呢？太宰权帅[①]也不过流落到博多附近；河合又五郎[②]也只在相良这地方避祸罢了。总之我只有回绝红衬衫才能安下心来。

我穿着一件布裤出去了。站在大门口又喊了一声，他的那个弟弟照例出来接客。他一见面就朝我望望，似乎说怎么又来了。只要有事，我还要来两次、三次！说不定半夜里也要把你叫起来呢。且臭误会了，我不是到你这个教务主任家里拍马屁。我是来告诉他，我不要那份月薪了。弟弟说了声“有客”。我说：“在大门口见见面

① 太宰府设于九州筑前国博多（今福冈市）。太宰府帅大都由亲王担任，但一般不到任，由权帅代行职务。中央高官常被贬做太宰权帅。此处指醍醐天皇时代，由于藤原时平的进谗，被贬后担任此职的菅原道真。

② 松平备前侯（冈山地方领主）的藩士，他杀死渡边数马之弟后避祸于相良(熊本县人吉市)。

就成。”他进去了。看看脚下，放着一双制作极为讲究的薄板斜齿木屐。里面传来了说话声。我估计这位客人就是小丑，除了他，别人不会发出那样的尖叫，也不会穿那种卖艺人的木屐。

过了一会儿，红衬衫端着油灯来到门口：“哦，请进，都不是外人，是吉川君呵。”“不，在这里就行，只说几句话。”我看见红衬衫的脸红得像猴屁股似的，看样子是和小丑一块喝酒了。

“刚才你说要给我增加薪水，我现在改变了主意，特意来表示回绝。”

红衬衫把灯伸到前面，从里面望着我的脸，茫然地站立着，不知如何回答才好。世上竟然跑出来一个主动拒绝增加薪水的家伙！他是为此感到不解呢，还是觉得即使我拒绝也不用刚回去就又跑回来，于是突然见到我才感到目瞪口呆呢？还是这两方面的心情兼而有之呢？他张口结舌，只是兀自地站在那儿。

“当时听你说古贺君自己愿意调任，我才答应下来的。”

“古贺君自己确实希望中途调任的。”

“不是，他愿留在这儿，月薪照旧也行，他不想离开家乡。”

“你是从古贺君那里听来的吗？”

“我不是听他本人说的。”

“那么是听谁说的呢？”

“是我寓所的老婆婆听古贺先生家的老太太说的，今天她又告诉我。”

“啊，是寓所的老婆婆说的呀？”

“嗯，是的。”

“这个，对不起，事情不是这样的。照你的意思看，是只相信寓所的老婆婆，不相信教务主任了。我这样理解没有错吧？”

我有些困惑。到底是文学士，真有两下子哩，抓住一些微妙之处，步步进逼过来。父亲常常责骂我“冒失鬼，不中用”，我是有些冒冒失失呵。听了老婆婆的话，一怒之下跑到这里，也没有去找找老秧君或老秧君的母亲问个明白。这回被文学士之流当头一棒，实在有些措手不及。

我面对面虽然招架不住，但心里早对红衬衫不信任了。寓所的老婆婆虽然是个吝啬鬼，但她不是个爱撒谎的女人，不像红衬衫那样两面三刀。我实在没办法，只好回答：

“你说的也许是事实。反正我谢绝加薪。”

“这越来越奇了。你特地跑来是专门申述不愿加薪的理由的，在我说明这些理由都不存在时，你还是拒绝加薪，真叫人没办法理解啊。”

“也许你无法理解，反正我要谢绝。”

“既然你不愿意，我也决不勉强。不过在两三个小时内没有任何理由就突然改变主意，这关系到你将来的信誉啊。”

“关系到信誉我也不怕。”

“没有的事，一个人的信誉挺要紧。退一步说，即使寓所的主人……”

“不是主人，是老婆婆。”

“不管她是谁。即使寓所的老婆婆跟你说的是事实，你的加薪并不是从古贺的薪水里减削下来的。古贺君去延冈，他的继任者要来，他的薪水总要比古贺君略低一些，这剩余部分就转拨给你。所以你没有对不起任何人的地方。古贺君调任延冈是比现在荣升了一级，新的继任人按照最初的标准薪水本来就低一些，因此才给你加薪。我认为这是最好不过的事啦。你不要也可以，不过还是回去好好考虑一下吧。”

我的头脑不灵光。要是平时，经对方这样花言巧语一摆弄，我就立即觉得自己不对，便诚惶诚恐承认错误退出来。可是今晚上不然，从我刚一来到这里，就感到红衬衫十分可厌。有时又反过来想想，觉得他是个像女人一般亲热的男子，可那实在不是什么好心肠。越想越觉得他是个讨厌的家伙。因此，不管他说得多么头头是道，不管他如何玩弄教务主任的一手想驳倒我，这些都毫无关系。能言善辩的人不一定是好人，被驳得招架不住的人不一定是坏蛋。表面上看，红衬衫俨然如君子，但外表堂皇，其内心却无法使人折服。倘若凭借金钱、权势和理论可以收买人心，那么高利贷主、警察、大学教授该最受人尊敬了。一个中学教务主任靠这点辩才就能使我动心吗？人是靠自己的好恶而行动的，不是凭一张嘴皮子就可以支配的。

“你说得有道理。但是我不愿意加薪，好吧，我谢绝。再考虑还是这句话。再见。”我说完走出大门。头顶上的天空横架着一道银河。

九

为老秧君开送别会那天早晨，我一到学校，豪猪突然对我说：“上次伊贺银说你蛮横无理，他们受不了，后来听说，那家伙很坏，常常在假画上伪造落款卖给人家。所以你的事肯定是他乱说一通。他原打算向你推销挂轴和古董，你不加理会，他赚不着钱，便捏了错来欺骗人。我不了解他的为人，实在对不起你，请你原谅。”他说了老长一段谢罪的话。

我什么话也没说，将豪猪桌上的一分五厘钱装进自己的钱包。豪猪莫名其妙地问：“你要收回去吗？”“嗯，本来我讨厌让你请客，才执意还你，其后想想，还是领了这份情为好，所以才收回的。”我向他说明白。

“哈哈哈哈。”豪猪大声笑起来，“那么为啥不早收回呢？”

“我是想早就收回的，但不好意思，就一直放着了。近来一到学校，看到这一分五厘钱就难受得要命。”

“你这个人真倔强呵。”

接着我们两个一问一答：

“你到底是哪里人？”

“我是江户哥儿。”

“唔，江户哥儿？怪不得寸步不让。”

“你是哪儿？”

“我是会津。”

“会津汉子，这样执拗。今天去参加送别会吗？”

“当然去，你呢？”

“我当然去，古贺君出发时，我还要送他到海滨呢。”

“送别会很快活，你去看看吧，今天要大喝一顿。”

“你就随便喝吧，我吃点菜就回去，会喝酒的人都是混蛋。”

“你这人很容易跟人吵架，明显地表现出江户哥儿轻浮急躁的习气。”

“随你怎么说都行，开送别会之前，请到我的住处来一趟，有话跟你说。”

豪猪如约来到寓所。最近，我每每见到老秧君，就觉得他甚为可怜，到了开送别会这天，越发目不忍睹了。我甚至想，如果可能，就替他到延冈去。在这个送别会上，我很想滔滔不绝讲演一番，以壮其行色。但一想到自己拙口笨舌，到底不成气候。因此打算借用豪猪的一副大嗓门，煞一煞红衬衫的威风，这才特地把他请来的。

我首先从玛童娜事件谈起，当然，关于玛童娜的事豪猪比我知道得更清楚。我讲了野芹川河堤上的情景，骂了声："混蛋东西！"豪猪说："你不管冲着谁都叫混蛋，今天在学校还说我是混蛋哩。假如我是混蛋，红衬衫就不是混蛋。我一向和红衬衫不属于同类。"于是，我便说："那红衬衫是个没头脑的大傻瓜。""这还差不多。"豪猪对此深表赞同。豪猪强梁是强梁，但一碰到这类字眼，就远不如我知道得多。会津汉子大概都是这类货色。

接着，我便谈起红衬衫要给我增加薪水和将来打算重用我的事。豪猪鼻子里不住发出“哼，哼”的声音，说：“这么说要免我的职啦。”我问：“他想免你的职，你就甘心让他免吗？”“哪个甘心？我要是被免职，也得叫他红衬衫跟我一起免！”他大抖威风地说。我又追问他：“你有什么办法使他和你一起免职呢？”他回答：“这个我还没考虑。”豪猪强梁是强梁，但似乎缺少点智谋。我告诉他我拒绝增薪了。这小子大为高兴，他赞扬道：“到底是江户哥儿，真不赖！”

我问他：“老秧君既然不想离开，为什么不给他来个挽留行动呢？”他说：“听老秧君谈起这件事时，生米已成烂饭，我跟校长谈了两次，同红衬衫谈了一次，已经无法改变了。”他还非常遗憾地说，古贺为人太老实，对这件事唯唯诺诺，叫人没办法。红衬衫当初一提起就该断然拒绝，或者推托一下，考虑考虑再说。谁知他被红衬衫的花言巧语蒙混住了，当场就一口答应下来。后来老母亲去哭诉求情，自己跑去谈判，都无济于事。

我说：“这完全是红衬衫的奸计，他想把老秧君赶走，再把玛童娜弄到手。”

“一点不错，那家伙装得一本正经，却尽干坏事。别人一说什么，他就留下后路伺机待动，真是老奸巨猾。对于这号人，只有给他吃铁拳头才顶用。”豪猪说着，卷起袖管亮出粗壮有力的胳膊。我就势问道：“你的胳膊真棒，经常练柔术吗？”这小子一听，在两只胳膊上憋足了气力，叫我捏捏看。我用指尖揪了一下，硬鼓鼓的，就像澡堂里的浮石一般。

我很佩服：“你这两只胳膊任凭他五六个红衬衫，也能一下子打得他人仰马翻。”“当然啰！”他把弯曲的胳膊伸直后再弯过来，一伸一缩之间，肉疙瘩在皮下骨碌骨碌转来转去，看了甚是痛快。据豪猪自己说，他曾经试过，将两根纸绳绞在一起，缠在肉疙瘩那地方，一曲臂，就拍地绷断了。我说：“纸绳子我也成。”“你行吗？试试看。”我想，要是绷不断就丢面子了，所以只好作罢。

“哎，怎么样？今晚的送别会，痛痛快快地喝完酒，将红衬衫和小丑揍一顿。”我半开玩笑地说道。“这个嘛……”豪猪沉吟了一下，“今晚上算了吧。”我问他为什么，他说：“今晚要是动手，对不起古贺。再说，要揍须得看准这帮家伙作恶，当场惩罚他们才行，不然反倒是我们的不是。”豪猪说得很有道理，看来他比我考虑得要周到些。

“好吧，你发表演说将古贺大大赞扬一番。要是我讲，就成了江户哥儿的油腔滑调，不够庄重。而且我一上场就直反胃，喉咙里像塞满了什么东西，说不出话来，所以就让你讲吧。”他说：“真是怪毛病，照这么说，你在众人面前开不了口，感到难为情吧？”“不，我一点也不感到难为情。”我回答。

说着说着，时间到了。我和豪猪一同向会场走去。会场设在花晨亭，这地方是当地第一流饭馆，可我一次也没有进去过。据说原是旧时官僚的宅邸，买过来后就开张了。从外表上看十分威严。官僚的宅邸变成了饭馆，正如把将士的甲胄改制成平民衣服一般。

我俩到那儿之后，看到人大多到齐了，五十铺席的厅堂里，客人分两三堆坐着。房间广阔，壁龛也很大。我住在山城屋十五铺席的房间里时，那壁龛和这里无法相比。用尺量一量，总有一丈多宽。右面放着红色花纹的瓷瓶，里面插着大松枝。我不明白插松枝意味着什么。大概这松枝几个月也不凋谢，又省钱，倒也不错。我问博物先生，那个濑户物[①]是哪里出产。他说："那不是濑户物，是伊万里[②]。"我说："伊万里不就是濑户物吗？"博物嘻嘻笑了起来。后来才知道，濑户产的瓷器叫濑户物。我是江户哥儿，凡是瓷器都认为是濑户物。壁龛正中挂着一幅中堂，上书二十八个字，每个字有我的脑袋大。字很难看，我觉得太不像样了。我问汉学先生："为何把这样蹩脚的字冠冕堂皇地挂在这里？"先生告诉我："那是一个叫海屋[③]的有名的书法家写的。"管他什么海屋河屋，我至今仍觉得那字太难看了。

不一会儿，秘书川村邀请大伙入席。我找一个有柱子可靠背的地方坐下来。海屋题写的中堂前面，坐着身穿大褂的狐狸，左边是红衬衫，穿着同样的礼服。右边是今天的主人老秧先生，他穿的是日本和服。我穿的是西服，跪坐起来很不舒服，就干脆盘着腿。旁边是体操教师，他穿着黑色西装裤子，规规矩矩地跪坐着，真不愧是体操教师，平时训练有素。不久就上菜了，酒壶也摆了上来。干事起立，简短致了开会辞。接着，狐狸站起来，红衬衫站起来。他们都讲了一番欢送的话。三个人不约而同吹捧老秧君是优秀教师，是仁人君子，这次离去，令人遗憾，不光学校，就是个人也甚为惋惜。但由于他本人别有缘由，切望调任，无法挽留，实在惋惜……

这帮人在送别会上谎话连篇，丝毫不知羞耻。尤其是红衬衫，更加起劲地赞扬老秧君。说什么"失此良友实乃自己重大之不幸"云云。他讲起话来那样煞有介事，本来就很亲切的语调此时更加优

---

① 濑户是地名。濑户物一般用作陶瓷器的代称。
② 伊万里，地名。指该地出产的瓷器。
③ 贯名海屋（1788—1863）江户时代有名书法家。

美动人。初次听他讲话的人，无论谁都会被他蒙骗住的。也许就是凭这一手使得玛童娜上钩的。红衬衫致欢送词的当儿，坐在对过的豪猪溜了我一眼，打来了电报。我用食指扒拉一下眼皮，权作回电。

红衬衫刚刚坐下，豪猪就霍然站了起来。我很高兴，不由得吧嗒吧嗒拍了几下手。狐狸以及在座的人都一齐朝我看，弄得我很窘。我想，豪猪究竟要说什么呢？

“刚才校长尤其是教务主任，都为古贺君的调任而深感遗憾。我却相反，我希望古贺君早一天离开此地。延冈是边远之地，物质上自然比本地要差。不过，听说那里风俗极为纯朴，教职员和学生均具有古代质朴的遗风。我相信在那种地方，没有一个口是心非、带着和善的面容专门陷害好人的时髦坏蛋。像古贺君这般温良敦厚之士，一定会受到当地人士的欢迎。我们衷心祝贺古贺君调任。最后，我们希望他到延冈赴任之后于当地选择一位堪为君子好逑的淑女，尽早成立一个圆满的家庭，用事实使那个无节不操的轻浮女子羞惭至死！”豪猪说完，又大声咳嗽了两次，坐到座位上。这回我还想拍手，一想到大家又都要朝我瞧，只好作罢。豪猪坐下之后，老秧先生站起来。他恭恭敬敬离开自己的座位，从上席走到末席，向大家深深致意。他说：“这次我鉴于自身的一些原因，决定调任九州，承蒙诸位先生为我举行如此盛大的送别会，不胜感激之至。刚才聆听了校长、教务主任以及诸位高朋的临别赠言，尤感荣幸，本人永志难忘。我此行远地，但愿诸位先生一如既往，爱顾而不见弃。”说罢满怀感激地回到座席上。老秧君实在是一个无法用言语形容的好人，校长和教务主任如此欺侮他，他对他们还是这般毕恭毕敬地道谢。如果是例行公事地做个样子倒也罢了，从他那态度、言语、表情上看完全是诚心诚意地表示感谢。看到这样的圣人对自己认真表示谢意，谁都要惶愧而脸红的，然而狐狸和红衬衫却一本正经地听着。

发言完毕，只听见这边吱的一声，那边吱的一声。我也学着喝了一口汤，味道很不好。头道菜是鱼糕，黑糊糊的，看来是烧坏了。还有生鱼片，切得厚厚的，像一块一块生啃着金枪鱼。可近旁的人们却吃得很香，看来这些人都没吃过江户名菜哩。

这期间，酒壶传来传去，席上顿时热闹起来。小丑恭恭敬敬跑到校长面前敬酒，讨厌的家伙！老秧君顺次把盏，看样子他要每人都敬上一杯，真够辛苦的。老秧君走到我跟前，整整衣襟，郑重地请求道："为我斟一杯吧。"我只得就那么穿着西装裤别别扭扭地跪坐着，敬了他一杯。

"我来后不久，就要和你分别了，非常遗憾。你几时动身？我一定送你到海滨。"

老秧君说："不敢，不敢，你太忙，决不能烦你相送。"

不管老秧君怎么说，我决计要请假为他送行。

又过了一小时，席上大乱起来。"来，喝一杯！""哎呀，我是叫你喝呀！"……有一两个人已经言语不清了。我觉得无聊，就到厕所去。透过星光向古老的庭院里一望，豪猪也出来了。"我刚才的发言，你觉得怎样？还好吧？"他洋洋自得地问。"很好，就是有一点不太满意。"我提出异议。他问："你对什么地方不赞成？"

"你说延冈没有带着和善面容专门陷害好人的时髦的坏蛋……是吗？"

"嗯。"

"光叫时髦的坏蛋还不够呵。"

“那么，叫什么好呢？”

“时髦的坏蛋，骗子手，冒牌货，伪君子，奸商，黄鼠狼，侦探，汪汪狂吠像狗一样的东西。”

“我的舌头转不过来。你真行，首先，你骂人的词儿知道的真多。凭这个本领却不会演说，太奇怪啦。”

“哪里，这些都是准备用来吵架的词儿。演说时使不上。”

“是啊，你倒背得挺熟，再来一遍试试。”

“随便几遍都行——时髦的坏蛋，骗子手，冒牌货……”

正说着，忽然听到走廊上腾腾的脚步声，有两个人东倒西歪地跑过来了。

“你们两位太不像话了，想逃席？有我在，决不让你们跑掉，来，喝一杯。冒牌货？有意思。骗子？有意思。来，喝一杯。”

他们说着，拉起我和豪猪就走。实际上，这两个人是和我们一起上厕所的，大概因为是喝醉了，把上厕所的事全忘了，便拉着我们往回走。据说醉汉看到什么就为眼前的现象所吸引，而把先前的事忘得一干二净。

“喂，诸位，我们捉了两个冒牌货。来，给他俩灌酒，要罚他们喝个一醉方休。你们跑不掉！”

虽然我们并不打算逃走，他们还是硬把我们按在墙壁上。朝四处一看，每人的饭盘里都没有什么像样的菜了。有的人把自己的一份吃光了，干脆来个远征，再到别处去吃。校长不知什么时候已经回去了，看不见他的影子。

后面忽然有人问：“是这儿吗？”一看，进来三四个艺妓。我有些惊讶，因为仍被按在墙壁上，只能凝神望着她们。这时，斜靠着壁龛柱子，叼着那支琥珀烟斗，自鸣得意的红衬衫，急忙起身走出了客厅。对面走来一个艺妓，正好同他擦肩而过，笑嘻嘻地向他打招呼。这人是妹妹行中最年轻最俊俏的一个。因为太远，听不清说些什么，大概是“晚上好”之类的话。红衬衫佯装不识，一出去就再没回来，想必是继校长之后回家了。

艺妓一到，客厅里顿时活跃起来。大家喧喧嚷嚷，高声喊叫，似乎向她们表示欢迎。有些人在玩猜数游戏①，声嘶力竭，像在练习功力武艺。这一边又在划拳，“五魁”“七巧”地又抡臂，又挥手，比达克剧团②的拉线木偶还熟练。那一旁喊道：“喂，斟酒！”接着又摇晃着酒壶改口道：“拿酒，拿酒！”简直闹得鸡飞狗跳，沸反盈天。只有老秧君一个人闲着无事可做，一直望着地面沉思。大家在这个为自己而开的送别会上，并不是为自己的调任而感到惋惜，只不过是借此饮酒作乐罢了。只有自己深陷于此种凄苦的境况之中。这种送别会，还是不开为好。

过一会儿，各人都用模糊而低沉的声调哼起歌来。一个艺妓走到我跟前，手里抱着三弦琴：“你唱点什么呢？”我说：“我不会唱，你唱吧。”她唱道：“鼓儿咚咚，锣儿锵锵，敲锣打鼓为哪桩？去找迷路的小儿郎。咚咚锵，咚咚锵，去找我那朝思暮想的小儿郎，小儿郎……”她换了一口气，唱完后说了声“累死我啦”。既然那么累，为何不唱个轻松愉快的呢？

这时，不知何时坐到我旁边的小丑，依然用那说书人的口气喊道：“阿铃，你要见的人早回去啦！可怜，可怜！”那艺妓一本正经地

---

① 将石子、豆粒、木棍什物握在手中，相互猜推以取乐。
② 英国木偶剧团，1894和1900年曾两次赴日演出。

说：“不知道。”小丑毫不知趣，怪声怪气学起唱戏的来了：“今日有缘来相会，谁知晓……”“不要多嘴！”艺妓照着小丑的膝头拍了一下，小丑心花怒放般地笑了。这个艺妓就是刚才跟红衬衫打招呼的。被艺妓拍一下就那样开心，可见小丑也是个活宝。“阿铃，我要跳‘纪伊之国’[①]，你来弹一支曲子吧。”这小丑还想跳舞哩。

坐在对面的汉学老先生，歪斜着没有牙齿的嘴，哼着：“这件事我本来不知不晓，传兵卫先生，你和我在心中……我只会唱到这里，下边什么词儿？”他忽然问艺妓。这老爷子记性真不好。另一个艺妓缠住博物先生：“现在是这样唱，弹一段您听听。您可得好生听着。——花月型发髻多时髦，头顶上白绫飘，骑的自行车，弹的小提琴，嘴里是半吊子英语，I am glad to see you。[②]”“挺好，挺好，还插入英语哩。”博物十分佩服。

豪猪扯着大嗓门发布号令：“艺妓，艺妓！我要舞剑，快弹起三弦琴来！”艺妓们被这粗暴的喊声吓了一跳，没有回答。豪猪毫无顾忌，拿起杖，来到客厅中央独自露了一手，嘴里唱道：“踏破千山万岳烟。”[③]这时小丑已经跳完了“纪伊之国”，跳完了“滑稽小调”，跳完了“架上不倒翁”，赤裸裸地只系一条三角带，腋下夹着棕榈帚，在厅堂里练习起走步来。嘴里唱道：“日清谈判[④]破裂了……”

打刚才起，我就一直对老秧君抱着深深的怜悯，他连罩裤也不敢脱，苦苦地守在这儿。我想尽管是为他自己开送别会，那也不必

---

① 明治时期流行曲的名字，因开头一句“纪伊之国在音无川的水上”而得名。

② 英语，我见到你很高兴。

③ 此乃斋藤一德《题儿岛高德书樱树图》上的第一句。

④ 中日甲午战争发生于1894年，次年清政府妥协签订了丧权辱国的《马关条约》。此句是《剑舞小调》中的唱词。

衣冠整齐、毕恭毕敬地看着别人系着三角带跳裸体舞。我走到他跟前，劝他退席："古贺先生，该回去啦。"老秧君说："今天为我开送别会，我要先走，太失礼啦，不要客气，你先请吧。"他仍然一动不动。"送别会要是真像送别会就好了，你看这副样子，简直是疯人会。好啦，走吧。"他一点也不主动，我硬是逼他走出了客厅。小丑挥着笤帚赶来："呀，主人先走，太不像话！日清谈判了，不能走！"说着用笤帚挡住了去路。我从刚才起就憋着一肚子气："日清谈判，你就是清清。"[1]猛地一拳，打在小丑的脑袋上。小丑骤然吓呆了，愣了好半天。这才喊道："哎呀，不得了，打人啦！敢打我吉川，佩服佩服！真的要日清谈判哩。"小丑东拉西扯乱说一通。豪猪不知道发生了什么乱子，停止舞剑，飞奔而来。见此情景，一把抓住小丑的后颈往回拖。"日清……呀，好疼！好疼！不要胡闹！"他正想反身挣扎，豪猪趁势向旁边一扭，他就扑通一声倒在地上。以后怎么样我就不知道了。半路上我和老秧君分手回到自己寓所，这时已过十一点了。

① 当时对中国的蔑称。

十

今天召开祝捷会，学校放假。据说练兵场举行仪式，狐狸必须带领学生参加。我作为教员也一起同行。一到大街，到处是太阳旗，使人眼花缭乱。学校有八百名学生，体操教师整理好队伍，班与班之间稍留空隙，插进一两名教员带队。这种编排看来很巧妙，实际上最蠢笨不过了。学生都是些孩子，骄躁浮华，似乎不违反纪律就有失做学生的体面，不管配备多少教员，都无济于事。没等发号施令，他们就随便唱起军歌，军歌一停又哇啦哇啦乱起哄，就像一群野孩子吵吵嚷嚷地走过大街。不唱军歌或不起哄时，就叽叽喳喳不停地谈话。其实不谈话也照可以走路的，可日本人都是先生嘴巴，不管如何提醒都不加理睬。他们交谈的不是一般的事情，而是净说教师的坏话，所以更是低级无聊。我上次值班发生了那件事，使学生赔礼之后，心想总算有了归结。实际不然。借寓所老婆婆的话说，我正是大错特错了。学生不是诚心悔过才来赔罪的，而是校长下了命令，不得不在形式上低头罢了。就像商人只是低头认罪，并不停止诈骗活动一般；学生也是只管认罪，决不会就此停止闹事的。仔细想想，世界上也许都是由那些和学生相同的人们组成的。如果相信人们的悔过和道歉是发自内心，而加以宽慰，那真是太诚实，太愚蠢了。不妨这样认为，悔过是假的悔过，宽恕也是假的宽恕。假如要使他真心悔过，那就必须严加惩治，直到他真诚悔过为止。

我一走进班与班的空间地带，就不住传来“炸虾面”、“团子”之类的叫声。那么多学生，分不清是谁说的。即使发现了，他们也一定辩解说，不是讲老师吃炸虾面，也不是讲老师吃团子。是因为老师神经衰弱，疑神疑鬼，听错了。这种劣根是本地人的习惯，早从封建时代就养成了。不管如何劝说、开导和教育，都无法改正。在这里住上一年，本来洁白无瑕的我，也许要变成他们那个样子。任凭对方使用指桑骂槐的手法朝我脸上抹黑，而我都置之不顾，哪有这样的傻瓜！他们是人，我也是人。尽管他们是学生，是孩子，个子却比我大。不拿点厉害刑罚回敬他们一下，就有点不合礼仪了，但是，如果我用寻常的手段回敬他们，他们就会反扑过来。如果指责他们不好，那么他们就准备了退路，会滔滔不绝地加以辩解。先说自己一方表现如何如何好，接着再来攻击我的不是。本来我是对他们实行报复，所以在辩解时总要列出对方的不是，结果，对方采取先下手为强的策略。这样一来，就给世人一个错觉，好像我主动闹事一般。这非常不利。要是听凭对方胡闹，自己做个好好先生，他们就会得寸进尺，夸大一点说，无益于社会。出于无奈，我只得以其人之道还治其人之身了。这样一来，江户哥儿这名声就成了问题。受了一年的窝囊气，我也是人，管他什么名声不名声的，不这样做心不甘啊，还是及早回东京和阿清住在一起为好。呆在这乡下，好像是故意来寻找堕落的，即使回东京卖报，也比这样堕落下去更好。

想到这里满肚子的不快，我跟着队伍向前走去。突然间，前头不知为何吵吵嚷嚷地闹起来了。队伍立时停下脚步。我很奇怪，便从右首离开了队列，向前方探望，先头的队伍停在大手町和药师町的交接处，乱糟糟地堵在那儿，一会儿拥过去，一会儿退下来。体操教师从前面走过来，用嘶哑的声音喊道："静一静，不准闹！"我问他出了什么事，他说中学和师范两校学生在街口发生冲突了。

中学和师范，不管在哪个县里，都是不共戴天之敌。不知为什么，这两种学校的校风不同，动不动就闹事。也许是地方狭小，闲得无聊，借此消磨时光吧。我是喜欢吵架的一个，一听到发生了冲突，高兴地跑过去了。前面的人群不停叫骂："吃地方税[①]的东西，滚开！"后面的人大喊："冲上去！冲上去！"我穿过挡路的学生，刚要到达拐角处时，就听到一声尖锐的号令："齐步——走！"师范学校的队伍又威风凛凛地开拔了。

争夺道路的冲突看来得到了调解，中学让步了。从资格来说，师范学校要强些。

祝捷典礼非常简单。旅长致祝词，县知事致祝词，与会者呼喊万岁，然后就散会。听说演出要在下午举行。我先回到寓所，给我朝夕惦念的阿清写回信。她嘱咐我这次要详细一些，所以我必须认真写好这封信。然而，一摊开封笺时，要说的事千头万绪，不知从何处下笔。说说这个，这个太麻烦；写写那个，那个没意思。我想，有没有写来毫不费力，又能使阿清高兴的事呢？这样的事一件也没有。我研好墨，蘸饱了笔，瞅瞅信笺，再蘸蘸笔，研研墨，同样的

① 师范学校的费用是从地方税中支取的。

动作翻来覆去好几遍。到头来还是想:“反正我是写不好信的。”干脆死了心，盖上了砚台。写信真是个麻烦的差事，不如回东京，当面谈谈更简便。我并不是不体谅阿清的心情，实在是要按照她的要求写，这比三个星期不吃饭还要难受。

我推开笔和纸，一咕噜倒在床上，枕着胳膊眺望着庭院，心中仍在记挂着阿清。当时我这么想，我大老远地来到这里，只要我时刻记挂着阿清，我的一片真心定能传到她那里。只要能够传达到，写信又有什么必要呢？不写信就说明平安无事地生活着。信这玩意，只要在死的时候、生病的时候或发生什么不幸的时候写一封就够了。

庭院是三十多平方米的平地，没有什么花木。只有一棵橘树，高出围墙，从外面一看就能很容易找到这里。我每逢回去，总是始终盯着这株橘树看。一个未离开过东京的人，看到长出果实的橘树，心中是颇为好奇的。那颗颗青绿的橘子渐渐成熟，将变成金黄色，那该多么漂亮啊。而今已有一半变颜色了。听老婆婆说，这橘子汁多，味道很甜。“等熟了，你就尽量多吃吧。”我想，每天吃它几个也好，再过三星期就可以吃了。想来这三周我不会离开此地吧。

我正想着橘子的时候，豪猪突然来告诉我:“今天召开祝捷会，我买了牛肉，和你好好吃一顿。”他说罢，就从袖筒掏出一个竹箨包来，扔到房子中央。我每天在寓所里被迫吃芋薯和豆腐，又被禁止到面条馆和团子铺去，一见到这个喜出望外，立即向老婆婆借来锅和糖，着手做菜。

豪猪一边大嚼着牛肉，一边对我说:“红衬衫有相好的艺妓，你知道吗？”我说:“当然知道，上次为老秧君开送别会时，来的那个不就是吗？”“是啊，我最近才看出来，你倒挺敏感呀。”他大大表扬我一番。

“那家伙动不动就把‘品德修养’啦，‘精神娱乐’啦，挂在嘴上，背地里却同艺妓来往，真不是玩艺。如果自己玩也能放别人去玩倒也罢了，你上面条馆和团子铺，他也硬说是关系学生的成长问题，并借校长之口来警告你。”

“唔，照那家伙的想法，嫖妓是精神娱乐，吃炸虾面和团子是物质娱乐啰？既然那是精神娱乐，就可以堂而皇之地公开出去，为何那般偷偷摸摸？为何相好的艺妓一来，自己就离开座席，逃之夭夭呢？这小子处处都想蒙骗过去，真可恶。别人给他提意见，他就说不知道，或侈谈什么俄国文学啦，俳句和新体诗亲如手足啦，等等。想借这些放烟幕，吓唬人。像他这样的可怜虫简直不是人，完全是宫女投胎，说不定他的老子就是汤岛的相公[1]。”

“汤岛的相公，什么意思？”

“反正不像是正派男人。喂，那里还没有煮熟吧？吃了要生绦虫的。”

“是吗？不会吧。听说红衬衫瞒着别人，到温泉镇的角屋同艺妓开房间哩。”

“角屋？是那家旅馆吗？”

“旅馆兼饭店，因此要揍他，最好瞅准他带着艺妓进了那家旅馆后，跟踪而去当面质问。”

“要监视他，那还得打夜班哩。”

“嗯，角屋前面不是有座叫枡屋的旅馆吗？借二楼临街的一边住下，在格子窗上开个洞监视他们。”

---

① 江户时以出卖男色为职业的少年。

“监视的时候会来吗？”

“会来的。只守一个晚上总不行，要打算守上两个星期。”

“那太累啦。我只在父亲临终时彻夜守护了一星期，过后昏昏沉沉，浑身疲惫不堪。”

“身体累一点没关系，眼看着坏蛋作恶放手不管，对国家不利。我要替天行道，决心将他诛戮。”

“太好啦，事情既然决定了，我也来帮忙，那么今晚就开始打夜班吧？”

“还没有和枡屋旅馆说好，今晚上不行。”

“那么从什么时候开始呢？”

“最近总要联系的，到时我来请你帮忙。”

“好，我随叫随到，我不善于使用计谋，但打起架来一个顶俩。”

我和豪猪正在热烈讨论惩治红衬衫的计划，寓所的老婆婆进来说：“学校来了一个学生，要找掘田先生，刚才到府上去，您不在家，估计在这里，便一路寻来了。”她跪在门槛附近，等待豪猪的回答。“是吗？”豪猪出门去了，不一会儿又回来说：“喂，学生来邀我们去看下午的即兴演出，说今天从高知特地来了许多人，要表演舞蹈，据说很不容易看到，务必要我们去看看。你也一起去吧。”豪猪兴致勃勃地邀我同行。论起舞蹈，我在东京看得多了。每年举行八幡大菩萨[①]纪念会时，彩车也到城内来，什么《挑海女》[②]之类的舞蹈我都看过，至于土佐[③]地方的狂舞乱跳我更不想看。但是，豪猪拼命

① 应神天皇的化身，作为弓矢守护神而受到尊崇。
② 原文作“汐酌”，意即挑海水制盐，是根据谣曲《松风》改编的。
③ 高知县旧名。

相劝，也只好走一趟。想到这里我们便出了大门。一看，前来邀请豪猪的竟是红衬衫的弟弟。这个家伙怎么来了呢？

走进会场，到处插满了无数面长条旗，像回向院的相扑仪式，又像东京本门寺的法会，仿佛把世界各国的国旗都借来了，纵横交错地系在绳子上，场面热闹非凡。东边角上是一座连夜搭成的舞台，听说在这里将要表演高知的什么舞蹈。舞台右边十几丈远，围着芦席，陈列着鲜花。大家都很热心地望着，其实都是毫无意义的东西。像那样将花草和竹子弯来扭去为乐，那么有着驼背情夫和跛脚丈夫的更要趾高气扬了。

舞台的正对面频频放着焰火，焰火里飞出了气球，上面写着"帝国万岁"。气球在天主松林上空飘飘荡荡，落进了兵营。接着砰的一声，一团黑色的东西刷地飞腾起来，像要穿透秋天的高空，在我头顶上炸裂开来，青烟如伞盖一般散开，绵绵流向天际。气球又飘起来了，这回是红底白字，上面写着"陆海军万岁"，随风飞扬，从温泉街飞向相生村。说不定落在观音菩萨的寺院内了。

上午的庆典倒不是这样，现在人山人海，到处乱哄哄的。我很惊讶，乡村里竟然也住着这么多人。虽然很少看到聪明伶俐的面庞，但从数目上看却不容轻视。那个颇受欢迎的高知的什么舞蹈开始了。听说舞蹈，我原以为是藤间[①]舞之类，结果完全不是。

一群人精神抖擞地扎着布巾，套着马裤，在舞台上排成三列，每列十人。这三十个人一律握着明晃晃的钢刀，寒光逼人。前后列之间仅仅相隔一尺五寸，左右两边的间隔更短，而不是更大。只有一人离

① 舞蹈的一个流派。

开队伍站在舞台的一端。这位离开伙伴的演员只穿着宽腿裤，头上没有扎布巾，手中没有握钢刀，只是胸前悬着大鼓。这鼓和要把戏使用的鼓一模一样。这人不久就咿咿啊啊拖着长腔，唱起奇怪的曲子，一面咚咚咚把鼓敲得山响。歌的调子奇怪，是我从来未曾听到过的，把它看作是《三河万岁》[①]同《普陀洛》[②]的混合物，大概不会错。

歌儿冗长，像夏季的糖稀一样扯也扯不断，那咚咚的鼓声便是用来断句的。所以，听起来虽然绵延不绝，但还是有节奏感的。三十个人手中的钢刀，随着节拍闪闪挥舞。左劈右砍，动作敏捷，看上去令人毛骨悚然。每人的前后左右相隔一尺五寸处都站着另一个人。这人也和自己一样，手握钢刀上下舞动，彼此的动作稍有差错，就会将同伴刺伤。如果站立不动，只是上下左右挥动着钢刀，也许没有什么危险。但是有时候三十个人还要一齐跨步，一齐转身，或者来个大回环，来个弓步屈膝。旁边的人早一秒或迟 秒，自己的鼻子也许就要落地，旁边人的脑袋也许会被削掉一半。钢刀自由自在地飞舞，这个范围只局限在一尺五寸见方的空间内，而且非要和前后左右的人同一方向、同一脚步不可。太叫人惊奇了。这些不是《挑海女》或《关户》之类所能比拟的。一问，才知道这需要无比纯熟的技巧，要做到动作这样合拍是不容易的。尤其困难的是那个唱《万岁小调》的打鼓先生，三十个人迈动脚步，挥舞手臂，伸展腰肢，都取决于他的鼓点的节奏。从旁看起来，这位老兄哼哼哈哈，不慌不忙，轻松愉快，实际他的责任最大，角色最辛苦，简直奇妙极了。

---

① 三河地方（爱知县幡豆郡）民谣。
② 一般作“普陀洛”，印度灵山的名称，传说是观世音出世的地方。

我和豪猪十分激动，专心致志地观看这个舞蹈。忽然，二十多丈远的地方哄闹起来，本来在各地安安稳稳观看演出的人群蓦地发生了骚动，开始东奔西跑。有人喊道："打架啦，打架啦！"这时红衬衫的弟弟从人群的袖管底下钻出来，说："先生，又打起来啦，为了报早上的仇，中学又同师范决战啦。快来！"说罢，又钻进人群，不见了。

豪猪说："这些惹是生非的孩子，又闹开了，马马虎虎算啦。"他避开逃跑的人们，急匆匆赶了过去。他大概想，总不能置之不理，想过去平息一下吧。我当然不想逃脱，就跟在豪猪后面迅速赶到现场。双方闹得正凶，师范方面有五六十人，中学方面还要多三成。师范的学生穿着制服；中学学生在仪式结束后大都换了和服，所以敌我双方一看就明白。但彼此扭打在一起，难解难分，不知从哪里下手才好。豪猪现出为难的样子，暂时注视着眼前混乱的场面："这样下去不行，警察来了就麻烦啦！进去把他们分开吧。"他望着我说。我没有吱声，一跃跑进了闹得最厉害的地方喊着："住手！住手！"我拼命喊叫，想冲开敌我双方的分界线，但就是不成。冲进去一丈远，就进也进不去，出也出不来了。我面前一个大个子师范生，正同一个十五六岁的中学生扭作一团。"住手！给我住手！"我抓住师范生的肩膀，硬要拆开他俩。这时有人从下边绊我的脚，我没有提防，手一松，摔倒在地上。一个家伙用坚硬的皮鞋踩住了我的脊梁。我用两手和双膝撑地，突然跃起，踏我脊梁的人咕咚滚到了右边。我站起身来一看，前边两丈远的地方，豪猪肥硕的身子夹在学生群里，喊着："住手！住手！不许打架，不许打架！"我对他说："不行啊！"他没有应声，或许没有听见吧。

嗖的一声飞来一块石子，正好打在我的面颊上。同时，有人又从后面照着我的脊梁打了一棒。一个声音叫道："教师也出场啦，揍他，揍他！"还有人喊："两个教师，一个大的，一个小的，扔石子！"我照着旁边师范生的脑袋就是一拳，骂道："不要信口胡说，乡巴佬！"石子又嗖的一声飞来。这回掠过我的和尚头，落到后面去了。豪猪不知哪里去了，看不到他的影子。眼下无法可想了。我原是来劝架的，不想挨了棍棒，吃了石子，就甘心这样灰溜溜退缩下来变成可怜虫吗？你们当我是谁？别看我身材矮小，我可是个在打架的科班里修行多年的老手哩！想到这里，我一阵乱打，他们也胡乱地反扑着。不一会儿，就听有人喊："警察来啦，快跑！"刚才还像是在泥沼里游泳，动弹不得，现在顿觉身子自由起来，轻松多了。敌我双方都撤走了。乡下人撤得挺巧妙，比库罗帕特金[①]跑得还利索。

豪猪怎样了？我一看，他那印有家徽的单层外褂已被撕成了碎片，正站在对面擦鼻子。他的鼻梁肿了，红红的，看上去很不雅观。我穿着一件染有白花的夹袄，满身泥泞，可是不像豪猪的外褂那般破烂，然而面颊却一阵阵刺痛。豪猪告诉我："你出了不少血哩。"

来了十五六个警察，学生们顺着相反的方向退去了，只捉住了我和豪猪两个人。我们通报了姓名，叙述了事情的经过。他们还是叫我们到警察局去。我们到了那里，向局长又述说了一遍，然后才回寓所。

① 日俄战争时俄军统帅。

十一

第二天一觉醒来，浑身疼痛难支。好久没有打架了，所以才如此吃不消吧。我躺在床上思忖着，今后再也傲不起来了。老婆婆拿来《四国新闻》放在我的枕头边。老实说，这时连看报都很困难。但是男子汉大丈夫，怎能为这点小事而屈服呢？我硬是翻转身趴在床上，打开报纸的第二版一看，吃了一惊，原来昨天打架的事登出来了。把打架的事披露出去倒也没啥稀奇，不过报纸上是怎么写的呢？——

“中学教师堀田某，伙同最近从东京来任教的某狂生，不仅唆使驯良的学生聚众闹事，而且两人亲赴现场指挥，向师范学校学生滥施暴行。”

下面附着这样的评论：

“本县中学，向来以善良温顺之学风赢得全国钦羡，而今吾校之荣誉因这两个不逞之徒的轻狂举动而蒙受损害，致使全市遭此耻辱。吾人应愤然而起，追究责任。吾人深信，在吾等未追究之前，当局定会对这两个无赖汉给予适当处分，使彼等在教育界无立足之余地。”

这一段话的每个字旁边都加了着重点，像针灸一般。我躺在床上大喊一声："简直放屁！"腾地跳起来了。奇怪，刚才全身的关节还非常疼呢，现在经这么一跳，似乎什么都忘了，只觉得浑身轻松。

我把报纸揉成一团扔到院子里，但这样还不解气，又把它填到粪坑里。报纸专门撒谎骗人。要问世界上最爱吹牛的是什么，那就是报纸。本应该我说的话他们都说了，还说什么"从东京来任教的某狂生……"这是什么话！天下有姓某的人吗？想想看，我是堂堂的有名有姓的人。要看家谱吗？我可以把多田满仲以来的历代祖先报出来叫你们顶礼膜拜。——洗过脸，双颊顿时疼痛起来。我向老婆婆借镜子，她问我早上的报纸看了没有。我说："读完扔到粪坑里了，要捡你自个儿去捡吧。"她吃了一惊退下去了。对着镜子一照，同昨天一样，脸上仍然挂着伤。这张脸太重要了，现在脸上挂着伤，还落个"某狂生"的雅号，真够受的。

假如被人家认为我是看了今天报纸上的消息之后才请假休息的，那将是我一生的耻辱。所以吃过饭我第一个到学校去了。上班的教员，一个个望着我的脸孔笑。有什么好笑的！这张脸又不是请你们制造出来的。这期间，小丑来了，他说："嗬，昨天功劳不小——这是光荣负伤呵！"他大概想报送别会时挨打的仇，冷言冷语说个没完。"不要多管闲事，还是去舔你的画笔去吧。"于是他说："那就失陪啦，想必很疼吧？""疼不疼与你无关，这是我的脸！谁要你操心！"他被一阵好骂，这才坐到对面自己的座席上，依然望着我的脸，同邻近的历史教员一边低语，一边窃笑。

豪猪上班了。豪猪的鼻子青紫、肿胀，好像一碰就要流出脓来。也许是太逞强了吧，他的脸比我的脸伤得还要厉害。我和豪猪是桌并桌、肩挨肩的亲密伙伴，碰巧又正对着门口。真倒霉！刚好两张花脸膛并排在一起。别的人一旦闲下来，就冲我们这边看。嘴上虽然说："真是飞来横祸呵。"可他们的内心肯定骂我们是大傻瓜。否则，他们不会那样窃窃私语，又嘻嘻发笑的。上课了，学生拍手欢迎，还有两三个人喊"老师万岁"。我不知道他们是真心捧场，还是故意戏弄。正当我和豪猪成为大家注意的焦点时，唯有红衬衫还像往常一样来到身边："真是意想不到的灾难呵，我对你们甚表同情。关于报上的报道，我已同校长商量了，要求给予更正，请不必担心。我的弟弟邀请堀田君去，出了这样的事，我实在抱歉。对于此事，我将竭尽全力，务请原谅。"他一半安慰一半谢罪地诉说了一通。第三节课时，校长从校长室里出来，多少有些担心地说："这种糟糕的事居然登报了，事情最好不要闹大。"我却一点也不怕，若要免我的职，我将在免职之前提交辞职书。但转念一想，自己并没有错，这样辞职离开此地，反而更助长了报纸造谣撒谎的气焰，倒不如让报纸更正错误，我坚持着干下去更合乎道理。我想回寓所时顺便到报馆去交涉。听说校方去信请求更正，也就算了。

我和豪猪两个瞅空子找校长和教务主任原原本本讲述了一遍。校长和教务主任说："是的，报馆恨学校，所以故意登载这种新闻。"红衬衫一边为我们的行为辩解，一边在休息室里的每个人面前转了一圈，说什么他的弟弟邀请豪猪完全是他本人的过失。大家都说："这全怪报馆不好，瞎胡闹，两位实在冤枉。"

回来的路上，豪猪提醒我："喂，红衬衫居心不良，一不留神就要上他的当。""这人心地险恶，反正不是一天两天变坏的。"豪猪告诉我："你还没有觉察出来？昨天他特别把我们邀去，故意让我们卷进纠纷之中，这正是他的计谋。”我的确没有看出来，豪猪粗鲁倒粗鲁，可比我更富有智慧，我很佩服他这一点。

“他骗我们去参加打架，然后到报馆策划编造了那条新闻。这家伙简直坏透啦。”

“连报纸都服红衬衫管吗？太叫人吃惊了。报馆为啥对红衬衫那般言听计从呢？”

“怎么不听，他报馆有朋友，那有什么奇怪？”

“有朋友？”

“即便没有也好办，撒个谎，捏造些事实，马上就能登。”

“真厉害，要是红衬衫真的在捣鬼，我们很可能因此而被免职。”

“弄得不好，或许要挨他的整治。”

“那么，我明天就提出辞呈，立即回东京。这种鬼地方，即使留我也不干。”

“你就是提出辞职，于红衬衫也无妨。”

“倒也是，怎么才能给他一点苦头吃呢？”

“这个狡诈的家伙，做下坏事不留任何痕迹，没有证据可抓，反驳起来是很困难的。”

“真难办，这样说来只好吃亏啦。太窝囊！天道是耶？非耶？[①]”

“好吧，再观望几天吧。实在不行只得到温泉街瞅空子抓他了。”

“打架的事就这样不了了之啦？”

“是啊，我们有我们的办法，要击中他的要害之处。”

“这当然可以。不过我缺乏计策，一切都指望你了。到了必要的

① 典出司马迁《史记·伯夷传》。

时候，我什么都能干。”

我和豪猪就这样分手了。若红衬衫果真像豪猪所说的那样，那他可真是个阴险的家伙。比心计，谁也胜不过他。看来不诉诸武力是不成的。怪不得世界上的战争永无休止。就个人而论，到头来还得拳头相见。

第二天，眼巴巴盼望到送报纸来。打开一看，既没有更正，也没有声明取消的文字。到学校一问狐狸，说或许明天会登的吧。等到第二天一看，用六号小字登了一段取消的文字，当然报馆方面没有进行更正。我又去同校长交涉，他回答除此之外再也无法办什么手续了。这位校长长着狐狸般的面孔，衣冠楚楚，想不到如此软弱无力。就连勒令一家专登虚假新闻的报馆赔罪一番都办不到。我很生气，说：“那好，我自己去同主编交涉。”校长像和尚讲经一般对我解释说：“那样不行。你要是再去交涉，他们还会说你的坏话。报馆报道的东西，不论是真是假，只能听之任之，除了默认下来别无办法。”报纸若是这样的东西，不如早一天取缔对我们有利。只要上了报，就像被甲鱼咬了一口一样。今天听了狐狸的一番说明，我才明白这个道理。

又过了三天，一个下午，豪猪忿然走来说：“时机到了，我决定实行那个计划。”我说：“是吗？我也参加。”当场入伙了。然而豪猪想了想说：“你还是不参加为好。”“为什么？”“校长喊你，叫你辞职了没有？”“还没有，你呢？”我反问他，他说：“今天把我叫到校长室里，他说了，实在对不起，事出无奈，请你裁决吧。”

“哪有这种道理？狐狸大概肚子发胀了，连肠胃都弄颠倒了。你是和我一块去参加祝捷会的，一块看高知钢刀舞的，一块劝止学生打架的。要是勒令辞职，应该公平地叫我也提出来才是。乡间学校为啥这般不懂道理？真急死人啦！”

“这也是红衬衫所指使。从以往的关系来看，我同红衬衫终究是势不两立的。而对于你，他认为照现在这样保留着不会有害于他的。”

“难道我同红衬衫就能共处吗？认为我不会有害于他，这是妄想！”

“你过于单纯，他把你留下来，可以随便蒙骗你。”

“这样更可恨，谁要同他共处下去！”

“再说，上次古贺走了之后，他的后任因故还未到来，要是把你我二人同时赶走，学生的课程就会空下来，没人上课怎么成呢？”

“这么说把我留下是为了填空当的啰？混蛋，我才不上他们的当呢。”

翌日，我到学校找校长谈判。

“为什么不叫我提出辞呈呢？”

“什么？”狐狸一时摸不着头脑。

“你叫堀田辞职，却不叫我辞职，这样合理吗？”

“这是学校的考虑……”

“这种考虑不当，假如不让我辞职，堀田也没有必要辞职。”

“这叫我怎么和你说呢？其实堀田君辞职是不得已的，而你却没有辞职的必要。”

这个狐狸，净说些不得要领的话，而且不慌不忙的，真叫人没办法。

“好吧，我还是提出辞呈。你也许认为单叫堀田君一个人辞职，我可以安然无事留任吧。不过，我不能干这种不近人情的事。”

“那怎么行，堀田君走了，你也要走，学校的数学课就上不起来啦。”

“上不上和我没关系……”

“你不要这样任性，你应该为学校想想才是啊。而且你刚来一个月就辞职，这关系到你将来的履历。你还是好好考虑一下为好。”

“管它什么履历，正义比履历更重要。”

“那当然！你说的都不错，不过也得请你替我想想。你如果定要辞职，我可以答应，但要等你的后任到来之后再离开。总之，你还是好好想想吧。”

想什么，道理不是明摆着的吗？看到狐狸的面孔白一阵，红一阵，怪可怜的。于是我答应再想想。就退出来了。我没有同红衬衫交谈一句，反正要给他一顿好揍的，到时候再好好教训他。

我把自己同狐狸谈判的情况告诉豪猪，他说，想来也是如此。他叫我把辞职的事先放一放，到必要的时候提出来。我就照他的话办。豪猪到底比我精明，我决定万事都听从他的忠告。

豪猪终于提出辞呈，向全体教员告别后搬到海滨的港屋去住。他又暗暗回来，躲在温泉街枡屋旅馆临街的二楼上，在窗子上戳了个洞，向外面监视着。知道这件事的只有我一人。红衬衫总是夜里偷偷地来。刚刚天黑时，学生和其他人眼杂，所以他至少在九点之后才会露面。开始两个晚上，我一直守到十一点，不见红衬衫的影子。第三天从九点守到十点半，还是不见他来。扑了个空，半夜回到寓所，心中十分懊恼。过了四五天，老婆婆担心起来，她告诫我：“都是有夫人的人啦，夜里还是不要出去玩吧。”我可是替天行道呵。又过了一周，还是毫不见效，我厌倦了。我是天生性急的人，热心起来可以干通宵，但不论哪一样都不能持之以恒。即便替天行道也好，到头来还是腻味了。到了第六天，我已经有些生厌，第七天就不想干了。但这个时候，豪猪倒很顽固。他每晚到十二点，眼睛一直未离开窗子上的洞，目不转睛朝角屋那盏圆玻璃罩的煤气灯下张望。我一去，他就告诉我，今天有多少客人，过夜的几个，女客几个，统计得十分详细。这使我甚为惊讶。我说："看样子不会来了吧？"他有时候抱着膀子叹息着："唉，该来的呀。"真可怜，如果红衬衫一次也不来，豪猪这一辈子就无法替天行道了。

到了第八天，我七点钟就离开寓所，先慢慢腾腾地洗了澡，然后在街上买了八个鸡蛋。这是用来对付老婆婆的"芋薯战"的。我把鸡蛋四个一组分别装在左右两边的袖筒里，肩上照例搭着红毛巾，袖着手登上枡屋旅馆的楼梯。我一推开豪猪的房门，看到他那金刚一般的脸上充满了活气："喂，有希望，有希望！"直到昨天夜晚，他都一直怏怏不乐，连在旁边守着的我也不由心灰意冷起来。眼下看到他的表情，我也顿时快活起来，还没问清情况，就连连说道："真高兴，真高兴啊！"

"今晚七点半光景，那个叫小铃的艺妓进了角屋。"

"和红衬衫一起吗？"

"不是。"

"那样不行呀。"

"艺妓是两人结伴来的——我看有希望。"

"为什么？"

"你问为什么？那家伙很狡猾，他也许叫艺妓先来，然后自己悄悄地跟来。"

“很可能这样。已经九点了吧？”

“现在九点十二分。”他从腰间掏出镍壳表看了看，“哎，把灯熄了，纸窗上映着两个光头，容易惹人生疑。那家伙看到了会觉得奇怪的。”

我噗地吹熄了涂漆矮桌上的座灯。星光映着窗纸，微微透明。月亮还没有出来。我和豪猪拼命把脸贴在窗纸上，屏着气往外瞧。“当——”挂钟响了，九点半。

“哎，会来吗？今夜再不来，我可不干啦。”

“我只要还有钱，就要干下去。”

“钱？你有多少？”

“今天为止，我已经付了五元六角。我每晚都结一次账，准备随时离开。”

“准备得很周全，店老板觉得奇怪吗？”

“旅馆方面倒不去管它，只是放心不下，真难受。”

“可以睡睡午觉呀。”

“午觉完了，但是不能外出，憋闷得很。”

“替天行道也很辛苦哩，要是天网恢恢，疏而有漏的话，那就没意思啦。[①]”

“哪里，今夜肯定会来的——喂，看，看！”他压低嗓门说道。我精神为之一振。这时，一个戴黑帽子的男人一边抬头朝角屋的煤气灯仰望，一边向黑暗里走去。不对，心里又凉了半截。其间，账房的挂钟毫不客气地打了十点。今夜看来又不成了。

① 典出《老子》第七十三章：“天网恢恢，疏而不失。”

四周变得寂静了。妓馆里的鼓声似乎就在耳边响着。月亮从温泉山背后探出头来，街道上一片明净。这时，下面突然有人说话。我们不能从窗户伸头向下望，无法知道是什么人，只觉得是逐渐向这里走来。地上响着咔啦咔啦的斜齿木屐的声音。我瞥了一眼，好容易看到那两个人影。

“这下子好啦，绊脚石踢开啦。”这正是小丑的声音。“有勇无谋，不成气候。”这是红衬衫。“那家伙像个傻瓜，说起那个傻瓜，是个侠义哥儿，倒也不乏可爱之处啊。”“他不要加薪，又提出辞呈，那小子一定是神经异常。”我真想打开窗户从楼上跳下去，狠狠揍他一顿。这股怒火好容易才按捺住了。他俩嘻嘻哈哈笑着，朝煤气灯下钻去，随后走进了角屋。

“喂！”

“喂！”

“来啦！”

“终于来啦！”

“这下子可放心啦！”

“小丑这个畜生，管我叫侠义哥儿。”

“绊脚石是指我。胡说八道！”

我和豪猪两人商定，等他们回去时在路上截击，但不知道这两个小子何时出来。豪猪下楼对老板关照说，今晚半夜也许有事要出去，大门请不要上锁。现在想来，当时店老板倒应允了。大概把我们两人当成小偷了吧。

好不容易把红衬衫等来已经够受了，现在还得等他出去，更是难熬。觉也不能睡，一直对着纸窗上的洞向外瞅，也够吃力的。做这个也不是，做那个也不是，心里老不踏实。我还从来未尝过这种滋味。我提议："干脆闯进角屋，当场拿住他们。"豪猪一句话打消了我的主张："眼下要是闯进去，人家会把咱俩当暴徒拦住。如果说明来意并要求见他们，就会推说不在，或把咱们引到别的房间去。即使出其不意闯进房间里，那房间有几十套，也弄不清他们究竟在哪里。虽然憋闷，也只好耐心等，别无其他办法。"经他这么一说，我只好强忍着，坚持等到早晨五点钟。

一看角屋走出两个人来，我和豪猪立即跟踪追击。头班火车还没到，他俩必须步行回城去。离开温泉街几十丈远是长长的杉树林荫道，左右两边是农田。走过这段路，到处都是草房。这路连接一条土堤，一直通向城里。只要离开街口，无论在哪儿追上他们都行。我们打算尽快在没有人家的杉树林荫道上追上去，于是便悄悄跟在后边。一离开大街我们快步奔跑起来，以迅雷不及掩耳之势赶上了他们。两个家伙不知身后出了什么事，吃惊地回过头来张望，被我一下子抓住了肩膀，大喝一声："站住！"小丑显出一副狼狈相，想挣扎逃跑，我转身绕到他的前面，堵住了去路。

"你身为教务主任，到角屋去干什么？"豪猪马上质问道。

"教务主任就不能到角屋去？谁规定的？"红衬衫依然一本正经地问，他的面色有些发白了。

"你说过，为了不使教育受影响，就连面条馆和团子店也不能进。你既然这样正派，为啥同艺妓一起在旅馆里开房间？"

小丑想瞅空子跳跑，我立即拦住他，喝道："你说，谁是傻瓜？"

"不，不是说你，实在是误会。"他厚着脸皮一个劲儿赔礼。

这时，我才觉得自己捏着两只袖口，追逐时，生怕袖子里的鸡蛋滚来滚去，两手才这样攥紧的。我立即把手伸进袖筒，掏出两个鸡蛋来，喊了声："着！"照小丑的脸孔扔去。鸡蛋喀嚓碎了，蛋黄从鼻子尖直往下淌。小丑吓得魂飞天外，哇地惊叫起来，一屁股坐在地上喊救命。我买鸡蛋本来是吃的，装进袖筒也不是为了打架。只是气愤不过，不管三七二十一随手扔了出去。我看到小丑一屁股倒下来，才发现这一招取得了成功，"这畜生！畜生！"一边喊，一边把剩下的六个鸡蛋一股脑儿都扔出去了。小丑满脸都变成了黄色。

我扔鸡蛋的当儿，豪猪和红衬衫正举行谈判：

"有什么证据说我带艺妓住旅馆？"

"昨晚我看到你那个相好的艺妓到角屋去了。还想抵赖吗？"

"用不着抵赖。我是和吉川君两人一道去住宿的，艺妓昨晚来没来，我哪里知道？"

"住口！"豪猪劈头就是一拳，把红衬衫打得东倒西歪。

"你横蛮无理，不辨是非！你动手打人，无法无天！"

"叫你无法无天！"说罢又来一拳，"像你这般奸贼，不打不招。"接着又是一阵痛打。与此同时，我也将小丑着着实实揍了一顿。最后，他俩团伏在杉树根边，一动不动，不住地眨巴着眼睛，也不打算逃走。

"挨够了吗？不够再揍。"两个人又是噼里啪啦一顿揍。红衬衫说："够啦！"我问小丑："你也够了吧？"小丑回答："我当然够啦。"

"你们两个奸贼，我们是替天行道。今后赶快痛改前非，不管你们如何花言巧语地诡辩，正义决不饶恕你们！"豪猪说罢，两人都沉默不语。这时候，也许连张口都困难了。

"我不逃也不躲，今晚五点以前我呆在港屋，有事喊警察来，喊什么人来都行。"听到豪猪这样说，我也学他："我也不逃不躲，我和掘田呆在同一个地方，要想报告警察局，就去报告好了。”说罢，我们两个扬长而去。

我回到寓所时七点还差几分钟。一进屋就开始整理行装。老婆婆惊奇地问：“你这是干什么来着？”我回答：“老婆婆，我回东京领夫人来。”结完账，我立即乘火车到海滨的港屋找豪猪，他正在楼上睡觉。我打算赶快写辞呈，可是不知怎么写才好。于是，我只写了这几行字：“敝人有事，故辞职返东京，请予照准，特告。”然后通过邮局寄达校长。

轮船晚上六点开航。豪猪和我都很疲倦，呼呼睡了一觉。醒来一看，已是下午两点。问一问女仆，警察来了没有，回答说没有来。“红衬衫和小丑都不想报官哩。”说罢，我们两个哈哈大笑。

当晚，我和豪猪离开了这块不干净的地方。船离海岸越去越远了，我们的心情也逐渐快活起来。接着我们又从神户乘直达火车到东京。抵达新桥车站时，仿佛又回到人世间来一般。我和豪猪很快分别了，直到现在仍然没有见面的机会。

我忘记谈谈阿清的情况了。我到东京后没有去找寓所，提着皮包闯到她那里去了：“阿清，我回来啦！”

“哎呀，哥儿，太好啦，这样快就回来啦！”她说着，眼泪扑簌扑簌落下来。

“我再不去乡下啦，就在东京找座房子和你住在一起。”我也十分高兴地说。

后来，经过某位朋友的斡旋，我当了“街铁”①的技术员。月薪

①“东京市街铁道株式会社”的略称。

二十五元，房租六元。房子虽然没有高门大院，阿清倒也心满意足了。遗憾的是，她今年二月不幸染上肺炎死了。临终前，她把我喊到跟前，恳求说："哥儿，多多积德吧。我死后请把我葬在你家的寺庙里吧。我在墓穴里愉快地等待着哥儿的到来。"

就这样，阿清的墓地坐落在小日向的养源寺。

图书在版编目(CIP)数据

哥儿/(日)夏目漱石著;陈德文译. —上海:
上海译文出版社,2017.3 (2023.5重印)
(夏目漱石作品系列)
ISBN 978-7-5327-7353-4

I. ①哥… II. ①夏…②陈… III. ①中篇小说-日
本-现代 IV. ①I313.45

中国版本图书馆 CIP 数据核字(2016)第 204393 号

本书根据新潮社《日本文学全集 5 夏目漱石(一)》
1968 年 5 月版译出。

哥儿

坊っちやん

[日] 夏目漱石 著

陈德文 译

出版统筹 赵武平
责任编辑 刘 玮 叶晓瑶
装帧设计 尚燕平

上海译文出版社有限公司出版、发行
网址:www.yiwen.com.cn
201101 上海市闵行区号景路 159 弄 B 座
苏州市越洋印刷有限公司印刷

开本 890×1240 1/32 印张 3.75 插页 15 字数 68,000
2017 年 3 月第 1 版 2023 年 5 月第 5 次印刷

ISBN 978-7-5327-7353-4/I·4480
定价:49.00 元